Habt Spaß

**Der Müll von Gestern
ist die Moderne von Heute**

Hans-Jürgen Hilbig

Habt Spaß

*Bibliografische Information der Deutschen Nationalbibliothek:
Die Deutsche Nationalbibliothek verzeichnet diese Publikation in der Deutschen Nationalbibliografie; detaillierte bibliografische Daten sind im Internet über http://dnb.dnb.de abrufbar.*

© 2017 Name des Autors/Rechteinhabers
Hans-Jürgen Hilbig

Illustration:
Peter Diegel Kaufmann

Herstellung und Verlag: BoD – Books on Demand, Norderstedt
ISBN: 9783743162808

MIX
Papier aus verantwortungsvollen Quellen
Paper from responsible sources
FSC® C105338

*

Horst fühlte sich staubig. Niedergeschlagenheit war da noch das Zärtlichste, alles hielt Einzug, alles, was man nicht gebrauchen konnte, Zweifel, Traurigkeit und wenn man dann noch weit vom Schuss war, na, herzlichen Glückwunsch.

Er kam sich vor wie eine ganze Packung nicht aufgegessener Zwiebackklößchen.

Er blieb ahnungslos, hoffnungslos, atemlos durch den Tag, an dem er nicht wusste, war er frei, war er frei oder war es noch etwas Schlimmeres?

Er stellte sich vor, er auf einem Helene-Fischer-Konzert, die Leute um ihn haben alle Meeresfrüchte in den Händen, nur er sieht aus wie ein Tarnanzug.

Dieses dichte Gewölk an Irrtümern, an komischen Launen, diese Scherenschnitte, die uns nur zeigen, das wir falsch liegen, wir tragen keine Bärte, wir riechen nicht nach Salz, wir trommeln nicht die ganze Zeit, aber wir brennen darauf, es zu tun.

Horst fühlte sich wie einer, der warten konnte, aber nicht warten wollte. Als hätte es Pausen geregnet und er hätte den Schirm vergessen.

Trotzdem wollte er weitermachen, weitertrinken, weiterexistieren, er wollte alles ändern, er wollte nichts ändern, es sollte so bleiben, es sollte nur anders werden, es langweilte ihn, er hatte die langen Durststrecken satt, er hatte die Sattheit satt, er wollte es anders, freundlicher, dümmer, asozialer und liebloser, und er wollte das genaue Gegenteil. Mit anderen Worten, er wusste nicht, was er wollte.

Er liebte die Frauen, er liebte sie auf eine Art, die sie nicht liebten. Er tat alles unterschwellig, er liebte sie, doch sie sollten nichts davon wissen, erst wenn er sicher war, dass sie ihn auch liebten, rannte er zu ihnen, um ihnen alles zu gestehen.

Früher arbeitete er bei Voko. Wie lange war das her, das war schon solange her, dass er das Radio einschalten musste, um zu vergessen, wie lange.
Seitdem hatte sich eine Menge verändert, die Zeit hatte sich verändert, die Wirklichkeit hatte sich verändert.

Er ging Konflikten gerne aus dem Weg, natürlich, wenn er betrunken war, da kam es vor, da ging schon mal ein Stuhl zu Bruch, aber eher aus Versehen als aus Absicht. Absichtlich geschah selten etwas. Sein ganzes Leben kam ihm manchmal wie ein Versehen vor, wie man damit leben konnte, wusste er nicht, er lebte einfach.

Die Frauen regten ihn auf. Wie gerne er sie hatte. Es machte ihn wahnsinnig, wenn sich im Haus gegenüber eine Frau im Bademantel zeigte.
Sie hat gebadet, vermutete er. Er vermutete es in der Art, wie Zugvögel von dannen ziehen.

Er vergötterte die Frauen, wie andere die Frauen verabscheuten. Wenn er sie heimlich beobachten konnte, hatte er immer das Gefühl, sie bemerkten ihn und mochten es, wenn er ihnen zusah.
Er liebte ihre Bewegungen, er liebte den Stoff, den sie trugen.

Eine Frau von gegenüber hatte sich einmal ausgezogen, sie sah aus dem Fenster, sie schaute ihn an, er war sicher, die meint mich, sie will, dass ich zu ihr komme.
Eilig eilte er hinüber, er war so erregt, dass er beinah über seine eigenen Schritte gefallen wäre, aber als er im Hochhaus gegenüber ankam und hineinwollte, kam er nicht rein.
Er überlegte, sie hat mir doch gewunken, sie war doch nackt. Nackte meinen es ernst, wenn sie winken.
Keine Ahnung, woher er diese Weisheit nahm, er nahm sie sich einfach, so wie andere

sich das Leben nahmen, er begrub diese Weisheit wieder, er glaubte nicht so richtig dran, er glaubte an nichts so richtig, es war alles verkehrt, egal ob man traurig war oder nicht, darüber staunte er und lachte und danach fiel ihm ein, dass er trinken könnte, und weil es ihm einfiel, trank er, er trank zu Hause, damit er die Stammkneipe nicht zitternd betrat, er betrat die Stammkneipe nie zitternd, er betrat sie lächelnd, schief und gebeugt, aber zitternd betrat er sie nie.

Horst glaubte nicht an Weltwunder. Sie existierten einfach nicht. Für ihn existierten nur die Dinge, die er sehen konnte, die Lottokugeln zum Beispiel oder das Flaschenpfand, an das Flaschenpfand glaubte er aber nur so lange, bis er es abgegeben hatte.
Er klagte nicht an, aber er beklagte sich, das Leben war an ihm vorbeigezogen und hatte ihn links liegen gelassen. Es kam ihm vor, als stehe er vor einer Ampel, für alle anderen war immer Grün, nur er blieb ständig vor einer roten Ampel stehen.

Horst war alt, er musste die Jahre nicht zusammenzählen, um das zu bemerken, er bemerkte es einfach, er bemerkte es am Knirschen der Zähne, er bemerkte es an seiner Traurigkeit, er bemerkte es an der Art wie er die jungen Frauen ansah, er sah die jungen Frauen wie ein Flüstern an, er verstand die jungen Frauen nicht, er verstand auch sich nicht, er nickte öfter ein, bei solchen Gedanken, wenn er dann schlief, träumte er, er wäre auf einer Insel und eine Frau, die er gerettet hatte, legte sanft ihr Knie auf seine Stirn.

Horst ging es nicht gut, dementsprechend sah es in seiner Wohnung aus, überall Taschentücher, Bierdosen, Zigarettenasche, der Geruch von abgelaufener Wurst, von abgelaufenen Erotikmagazinen, schimmligen Senftuben, alten Kaffeetassen und Schweiß, überall roch es nach Schweiß. Ihm war es gleichgültig und es war niemand da, die das schlimm finden konnte, es war keine da, die ihm Ratschläge gab.

Er wurde mies behandelt, dabei hatte er keinen schlechten Charakter, er hatte wahrscheinlich überhaupt keinen Charakter: Trotzdem traute man ihm zu, dass er den Kindern Bälle abnahm und sie plattstach, man traute ihm zu, dass er den ganzen Tag soff und immer komischer wurde.
Letzteres mochte stimmen, aber das mit den Bällen war eine Gemeinheit, denn den Kindern versuchte er so gut es ging aus dem Weg zu gehen.

Ein Bauch hatte sich um ihn herum gebildet. Ein Bauch, auf den er nicht unbedingt stolz war, der war sogar ein Hindernis für die Blicke der Damen. Der Bauch wirkte abstoßend, er war einfach zu sehr präsent. Er wusste keinen Ausweg, wie er ihn losbekommen könnte.

Er hatte es mit Atemübungen versucht, mit Laufen, mit weniger fetthaltigem Essen. Umsonst.

Natürlich gab es Wahnsinnige, die behaupteten, das sei ein Bierbauch und er müsse einfach nur den Alkohol weglassen.

Solche Stimmen ruinierten ihn, wie gut, dass er sie nicht ernst nahm, er wäre sonst so ziemlich ins Straucheln gekommen.

Was soll nur werden, was soll nur werden, fragte er sich immerzu. Sein Mund zweifelte solche Hilferufe nicht an, nein, er jagte nur die kleinen Bläschen davon, die sich im Inneren seines Mundes bildeten, damit die Rufe sich ausbreiten konnten.

Er war eine Seele von Mensch, so hätten die Leute später von ihm reden sollen, aber was hieß später, so sollten sie reden, denn er war es, er tat doch niemandem etwas, zumal wenn man ihn in Ruhe ließ.

Er war traurig, rieb sich die Augen, rieb auch alles andere, alles was da war und nicht gesehen wurde, er flüsterte sich zu, keiner hat das Recht, auf mich zu zeigen, niemand soll sagen, da geht der Horst, er ist alt und Kummer gewohnt, komm, wir treten ihn.

Er sah hinaus, wo Kinder in brütender Hitze Pingpong mit dem Fußball spielten.

Nicht zum Aushalten, geiferte er. Anschließend setzte er sich auf die Couch und las ein Erotikmagazin. Da war ein Interview mit Silke drin, die sich nackt ablichten ließ, damit das Interview mehr Tiefe bekam.

Horst sah es nicht gerne, wenn Frauen und Männer neben ihm hergingen. Er stellte sie sich dann jedes Mal unbekleidet vor. Wie sie gierig übereinander herfielen, während er auf der Couch saß und Silkes Meinung zur Doggystellung las.

Horst war alt, er war es nicht gerne, doch dagegen konnte er nichts tun, aber dass er einsam war, das war durchaus seine Schuld, das gestand er sich sogar ein, er war von Anfang an ungeschickt, ging es völlig falsch an und fiel auf die Nase. Er wusste einfach nicht, wie man anfing und wie es weiterging.
Bisweilen hatte er das Gefühl, er habe den Bus verpasst, als wäre das Leben nur für andere sinnvoll, oder wenigstens erträglich. Natürlich, das Leben war nicht zu ertragen, es würde nicht enden, wenn es zu ertragen wäre, es war schwer, es war leicht, es war gut oder es war schlecht, aber zu ertragen war es nicht.

Horst war oft schlechter Laune, wenn er nicht gerade den Busverkehr beobachtete, wenn er nicht gerade zusah, wie eine Frau ein Hustenbonbon in den Händen rieb, wenn eine Frau ein Hustenbonbon in den Händen rieb, gab es kein Halten mehr, da ging er sofort los und kaufte sich auch Hustenbonbons und rieb jedes einzelne Hustenbonbon in den Händen.

Silke plauderte über den ersten Mann, der sie am Tisch, hinter irgendeinem Vorhang nahm. Sie lächelte kühl und zeigte, was sie drauf hatte. Silke war klasse, sie konnte sich selbst nackt artikulieren.
Sie sprach über die Freiheit und Politik, sie sagte, Politik sei nichts für sie und Freiheit fände sie gut.
Die nackte Silke hätte er gerne in sein Herz geschlossen, wenn er auch nichts von dem glaubte, was sie da erzählte.

An diesem Abend kam alles anders. Da war eine Frau, die neben ihm ging, eine hübsche Frau, die die Tochter eines Brauereibesitzers sein konnte, die aber nicht die Tochter eines Brauereibesitzers war, sondern die Tochter von irgendwem, von Horst ganz sicher nicht.
In der Kneipe hatte er sie angesprochen, sie saß allein auf einem der Kneipenstühle, sah auf ihr Handy und schien sehr traurig zu sein. Sie hat sicher rote Wangen, wenn sie

schläft, träumte Horst und fasste sich ans Kinn, warum er sich ans Kinn fasste, wusste er nicht, vielleicht um den Augenblick zu genießen, oder um das Leben zu feiern, vielleicht um alle Gedanken und Wünsche auf einem Fenstersims liegen zu lassen, vielleicht um sein Leben zu bedauern, jenes, das er hinter sich gelassen hatte.

Er sollte sie fragen, sie bitten, nicht auf das zu hören, was er von sich gab, sein Hirn drehte sich wie ein Kreisel. Er spürte das Verlangen, vor ihr auf die Knie zu gehen.
Er tat es nicht.
Warum nicht?

Er hatte Angst, ja Angst. Er hatte Angst, er könnte es verderben, immer hatte er Angst, er könnte es verderben, er hätte selbst Angst, es zu verderben, wenn er es nur noch ums Verderben ging.
Er kam sich so unfähig vor, es war noch nichts geschehen und schon fühlte er sich schwach, wie sollte er sich übrigens auch nicht schwach fühlen, er konnte ihr ja nichts bieten, und er konnte ihr nichts bieten, weil er nichts hatte, er hatte ja nicht einmal einen Führerschein, er konnte ja nicht einmal mit ihr davonfahren, einfach davonfahren. Wie gerne er mit ihr davongefahren wäre, natürlich, die Richtung hätte er bestimmt und sie hätte nicht ein einziges Mal gefragt, wohin?

Was war nur los mit ihm? Kam ihm das Leben wie eine klaffende Wunde vor? Wie ein Werkzeug, das immer dann verschwand, wenn man es am nötigsten brauchte, und wenn es so war, was versuchte er dagegen zu tun?

Nichts, nichts, nichts tat er dagegen.

Das machte ihn traurig. Er hätte gerne das Bewusstsein verloren, doch er verlor es nicht, und dass er es nicht verlor war gut, wer konnte wissen, ob er es je wiedergefunden hätte?

Doch wozu Pessimismus verstreuen, wo doch gerade alles zur Entfaltung kam. Es geschah ein Wunder, alles was gestern gewesen war, war nur noch Geschichte. Er war nicht mehr allein.

*

Marie hatte einen Plan zu erfüllen. Sie lernte Jörg kennen, sie lernte ihn vor einer Polizeistelle kennen.

Sie hing an seinen Lippen wie manche an trockenen Kichererbsen.

Jörg brannte darauf, ihr alles zu erklären, sie zu beschwören, auf ihn zu hören, ihm zu vertrauen.

Er lachte mit ihr, sang mit ihr, er erzählte viel aus seinem Leben, dass das meiste gelogen war, machte ihr überhaupt nichts.

Ich habe bei der Polizei falsche Fingerabdrücke hinterlassen, meinte er protzig, seine Augen verrieten ihn, sie wollte es nicht sehen, sie wollte seine Stimme hören, seine Stimme, die klang, als hätte sie von allen Fähigkeiten immer die gewählt, mit der man am allerwenigsten rechnete, eine Stimme, die sagte, wir drehen das Ding, doch keine Angst, es ist ganz leicht, wir kommen zu Geld und dann fahren wir um die ganze Welt.

Marie sollte in dieser Kneipe warten, und wenn sie einer einlud, sollte sie mitgehen. Ja und dann, hätte sie fragen sollen, die Frage galoppierte nach vorne, sie war zu schnell für ihre Gefühle. Das wird nicht funktionieren, sagte etwas in ihr. Es wird nicht funktionieren, weil es nicht klingt, als hätte er darüber nachgedacht.

Trotzdem spazierte sie weiter. Sie nannte es für sich spazieren gehen. Sie war früher gerne mit ihrer Oma spazieren gegangen, das hier war wohl so etwas Ähnliches.
Nur mit dem Unterschied, dass dieser Alte immer noch durstig war, durstig nach einem Körper. Verkrampft nach Einfällen suchend, um diesen zu betasten, hätte er alles getan.
Nun ging sie neben ihm und er fasste es nicht, konnte es nicht fassen, es war einfach nicht zu fassen, wie sollte er das fassen, er hatte viel zu wenig getrunken, er musste trinken, um zu begreifen, aber wenn er genug getrunken hatte, zählte nur noch seine Abwesenheit. Wenn er genug getrunken hatte, wollte er nur noch nach Hause, und da würde es ihn nur stören, wenn er nicht allein war.

Der Plan war dumm, er war abscheulich. Sie begriff nicht, was Jörg an diesem Plan so gut fand.
Geilte es ihn auf, dass sie mit diesem Alten durch Gießen spazierte?
Gießen war auch alt, wurde aber modernisiert, ständig grub man in der Stadt etwas aus, schob etwas dazwischen, quälte sich damit, dass es viel zu wenig Diamantengeschäfte gab.

Die Worte bekamen Flügel. Die Worte, die Jörg sprach, lebten nicht von dem, was er sagte, sondern von dem, was er daraus machte, und selbst wenn dieser Plan schlecht war, war sie sicher, dass er hinter irgendeiner Ecke warten würde. Er würde warten, und dann begänne ihr Leben neu. Was mit dem Alten wurde, kümmerte sie nicht, warum sollte sie es auch kümmern?

Jörg liebte sie, er liebte sie auf eine außergewöhnliche Weise. Als sie miteinander geschlafen hatten, hatte er sie angesehen, er hatte sie angesehen, wie man nachts einen Zigarettenautomaten ansah, das hätte sie bei jedem anderen aufgebracht, aber bei ihm weckte es eine Zärtlichkeit, von der sie sicher war, dass er sich lange erinnern würde.

Für ihre Gefühle gab sie alles, sie wusste nie, ob sie ihnen trauen konnte, aber in Frage stellen würde sie sie nie.
Sie vergrub die Zweifel. Es gab keinen Grund zu zweifeln. Jörg war ein Genie. Sie hatte es noch nie mit einem Genie zu tun gehabt, sie hatte mal etwas Platonisches mit einem Zwiebelschneidermeister, aber das war eine andere Geschichte. Sie zweifelte trotzdem, sie war ja noch bei Verstand, aber sie war auf diese Idee gekommen, den Verstand auszublenden.

Sie hätte ihn gerne verrückte Sachen gefragt, sie wagte es nicht, er durfte ja nicht das Gefühl haben, dass sie die Sache nicht ernst nahm.

Sie war in ständiger Verbindung mit ihm.

Er freute sich, feuerte sie an. Jörg war ein Besessener und Besessene waren nicht die schlechtesten.

Er litt ganz sicher darunter, bestimmt schlief er schlecht, aber das war ihr gleichgültig, Hauptsache, sie machte ihn glücklich.

Das war egoistisch. Die ganze Welt war egoistisch, das fing schon damit an, dass man geboren wurde, warum ich nicht, brüllte das Ungeborene, das ist egoistisch. Natürlich war es egoistisch. Ohne Rücksicht kam man auf die Welt und ohne erkennbare Logik setzte man das Leben fort.

Sie zerlegte die Bedenken, sie widersprach der Vernunft und ging mit diesem Alten. Warum auch nicht. Der Alte würde eh nicht durchhalten, er war ein Säufer, er musste saufen, für alles andere war er zu alt.

Er zog einen Popel aus der Nase. Wie widerlich der ist, dachte sie, er weiß noch nicht einmal, was ein Taschentuch alles kann.

Aber das stimmte nicht, er wusste was ein Taschentuch konnte, vor langer Zeit hatte er eines gehabt, aus Stoff, und es war ein Foto von Steffi Graf draufgestickt. Aber irgendwie hatte er es verloren. Dabei hatte er es nie benutzt. Niemals hätte er es seiner Nase gestattet, in die Nähe von Steffi Graf zu schnäuzen.

*

Während andere um ihr Leben würfelten, um eine Nacht, um ein Getränk, das diese Nacht bestimmen sollte, stand Tom kerzengerade vor dem Spiegel und fürchtete nichts, nicht einmal die Unendlichkeit.

Während sich die anderen davonstahlen, herumgingen, lachten, weinten, sangen, drohten, schlugen, maulten, kotzten, liebten, hassten, vergaßen, hüpften, sprangen, träumten, stand er vor diesem Spiegel und fragte ihn nichts. Er brauchte ihn nicht fragen, er sah es doch, er sah sich doch an.

Normalerweise sollte er rausgehen. Doch die Chefin hatte Sonderschichten angeordnet, das bedeutete, dass er samstags arbeiten musste. Immer wenn er seine Chefin sah, hatte er nicht übel Lust, sie zu erschießen.

Er mochte die Frauen nicht, wenn sie auf diese Art existierten, sie dürfen schon existieren, dachte Tom und lächelte. Er lächelte in dieser kühlen Art, so hatte Schwarzenegger als Teminator gelächelt.
Er liebte diese Gestalten, die nur aus den USA kommen konnten. Schwarzenegger war zwar in Österreich geboren, aber er war Amerikaner, er war Amerikaner durch und durch.
Tom blickte auf die Welt, er sah noch immer in den Spiegel, sah auf sein gewachsenes

Geschlechtsteil und hätte es am liebsten umarmt, doch er umarmt es nicht, es war noch nicht an der Zeit.

Später sah er aus dem Fenster. Manche waren noch wach, natürlich waren die wach, die mussten ja auch nicht arbeiten, die arbeiteten einfach nichts, trieben sich herum und glaubten Wunder, was sie waren, denen würde er eines Tages den Arsch aufreißen. Von wegen herumhängen, von wegen so tun, als gehörte das alles ihnen, denen gehörte nichts. Ihm auch nicht, aber das würde sich bald ändern.

Er drehte sich nach sich selber um, er fand, dass er atemraubend aussah. Er war ein Symbol für diese Stadt, dabei hatte er in Gießen nichts zu suchen, in dieser Stadt gab es zwei Friedhöfe, aber keine Freiheitsstatue, er blickte voller Verachtung auf diese Stadt, die viel zu klein für ihn war, sein ganzes Leben schenkte er her, für was?
Er trank Whiskey, am liebsten Jim Beam, denn der kam aus den Staaten.

Es gab viele Staaten, er wusste davon, aber es gab nur ein Amerika.
Er liebte die USA, wegen ihrer Kraft, wegen ihrer Power, wegen ihrer Energie. Er liebte sie, weil sie auf dem Mond waren, weil sie den

Hamburger erfunden hatten, weil sie cooler waren als alle anderen.

Was sollte er in Gießen? In Gießen war er auf die Welt gekommen, nicht in New Jersey, wenigstens in New Jersey hätte er zur Welt kommen müssen, aber doch nicht in Gießen.
Warum war er nicht einfach wieder zurückgekrochen, zurück in den Raum, in dem er vorher gewesen war, in diese Hülle, diese Wärme, warum hatte er nicht einfach eine heimliche Botschaft an seine Mutter geschickt, bring mich erst zur Welt, wenn du in Amerika bist.

Er hatte es nicht getan, weil er es nicht gekonnt hatte, das musste er einsehen, er war viel zu klein gewesen, er versteckte sich darin, das wusste er nicht, er war viel zu klein gewesen, um es zu wissen, er wusste ja nicht einmal, was Zahlen bedeuteten und wenn du keine Ahnung von Zahlen hattest, brauchst du in Amerika erst gar nicht auf die Welt zu kommen, da machen sie dich ein, und deshalb war es doch gut, dass er in Gießen geboren wurde. In Gießen konnte er lernen was einen Dollar von einer anderen Pflanze unterschied.
In Gießen lernte er laufen, lernte er sprechen, lernte er mit Messer und Gabel essen, lernte er schwimmen, lernte er trinken und in Gießen lernte er schießen.

Auch die Frauen lernte er kennen, an den Frauen fand er vieles gut, nur nicht den Verstand, hatten die Frauen Verstand, machten sie sich lustig über ihn, sie machten sich lustig über ihn, weil er versuchte, über ihnen zu stehen.

Wenn er unsicher war, war es blöd, das mochte er nicht, er hatte dann das Gefühl, er würde seine Würde verlieren, und seine Würde verlieren, das war unfassbar, denn die Würde war unantastbar.

Besonders schlimm waren die jungen Frauen, die existierten nicht für ihn, deshalb waren sie auch nichts wert. Er sah sie nicht besonders gerne, denn sie waren frech, warum waren die frech, man durfte doch zu ihm nicht frech sein. Er war so großzügig, wenn man nicht frech zu ihm war.

Was für eine Nacht und er war nicht draußen, er durfte nicht, dabei könnte er gerade so viel verbessern.

Doch er musste schlafen, so lag er da und wartete, er wartete vergebens, er konnte nicht schlafen, das war dumm, er war unruhig.

Der Wasserhahn draußen in der Küche tropfte.

Doch was gingen ihn die Wassertropfen an. Sie sprangen wild und unnötig vom Wasserhahn ins Spülbecken.

Tom arbeitete als Hilfsarbeiter, er war zu Besserem berufen, aber bislang hatte sich nichts Besseres ergeben. Er wollte die Stadt retten, aber die Stadt ignorierte ihn, das sollte sie ihm teuer bezahlen. Ja, die Schuld hatte die Stadt, er mochte dieses Nest nicht, obwohl er zugeben musste, dass die Stadt sich verändert hatte, es gab Läden, da konntest du Tag und Nacht Patronen oder Popcorn, Cola oder Eis kaufen, das war doch geil, aber so richtig ab ging es in der Stadt trotzdem nicht, da musste man schon selber was inszenieren.

Tom lag auf dem Bett und onanierte, er tat es mechanisch, ohne besonderen Antrieb, er überlegte dabei nichts, er stellte sich nichts vor, nicht einmal, dass er in diesem Moment in den USA sein könnte.

Es war gut, sich zu befriedigen, es war so gut, wie es nicht zu tun, es war auch gut, zu trinken, er hatte noch zu trinken, das war gut.

Tom wäre gerne Boss einer Gang gewesen. Er mochte die Vorstellung, dass jeder auf sein Kommando hören musste, und wehe, wenn nicht, da konnten die sich die Grashalme von unten ansehen.

Sein Bruder studierte, den sah er nie, mit dem wollte er nichts zu tun haben, wenn er aber doch mal was von ihm wollte, zum Beispiel Geld, nervte ihn dessen Gleichgültigkeit, er wollte nicht einmal wissen, wofür. Immer gab er ihm was und nie musste er zurückzahlen, was er sich ausgeliehen hatte. Deshalb hasste Tom ihn, er hasste ihn wegen seiner Freundlichkeit.

Einmal hatte er einen Freund, den hätte er am Anfang beinah getötet, weil er seine Art kopierte, aber später wurde er sein Freund.

Doch zwischendrin hatte der Freund eine Freundin, die Freundin war gegen Tom eingestellt und der Freund war weg, weil er sich entschieden hatte. Aber dann tauchte er wieder auf, er tauchte auf und nahm seinen Platz wieder ein. Er war wieder sein Freund und sie lachten oft, über die Zeit, als der Freund eine Freundin hatte, und nie fragte Tom, warum hast du sie verlassen, aber eines Tages wusste Tom es, er wusste es an der Art wie der Freund lachte, er lachte, wie nur Mörder lachen.

Sie hatten eine gute Zeit, nahmen Massagebäder, drangen in den Wald ein, kletterten auf Bäume, schlugen sich tapfer durch die Nächte, redeten wenig, sie waren einfach nicht zum Reden gemacht, aber dann war er wieder nicht sein Freund, dann konnte von einer Freundschaft nicht mehr die Rede sein. Er war darüber nicht glücklich, aber auch nicht unglücklich, es war nicht der Rede wert und dann wieder, sie gingen echt los, wie Raketen, manchmal kam zufällig einer auf die Idee, loszugehen und dann gingen sie los, wie schon erwähnt, ohne dass sie redeten, schließlich aber war der Kumpel weg, wohin auch immer, es war Tom ganz gleichgültig.

Tom fand es gut, dass er eine Einstellung hatte, anderen war alles egal, Hauptsache, sie hatten zu kiffen, zu saufen, zu vögeln, Hauptsache, sie konnten das Ende absehen, ohne zu vermuten, dass das irgendetwas mit ihnen zu tun hatte, das langweilte.

Als die Pistolen in die Stadt kamen, war er der glücklichste Mensch der Welt. Sie wurden an die Bevölkerung verteilt, wegen der Übergriffe, zu denen es immer wieder kam, aber lassen wir Tom selbst berichten.

Ich hatte zum ersten Mal das Gefühl, ein freier Mensch zu sein, jeder bekam eine Pistole, natürlich das Billigste vom Billigen, aber man konnte ja andere kaufen, die kosteten dann eben.

Was für ein Tag, als sich jeder seine Pistole abholen konnte, wie dankbar ich war, leider schalten sie schon wieder einen Gang zurück, am liebsten würden sie die ganze Stadt wieder entwaffnen, das ist Politik, es gibt einige, die wollen das nicht, die werden unruhig, mit anderen Worten, die haben Schiss, dabei wurde seitdem seltener geschossen als vorher, das hat mir irgendwer erzählt, der gerade einen erschossen hatte, ich schaute ihn mir genau an, er hatte einen Blick, nach dem ich lechzte.

Am Tag, als die Stadt bewaffnet wurde, gab es hinter dem Zaun Leute, die dagegen protestierten, als er seine Pistole in der Hand hielt, hatte er die Idee, auf sie zu zielen, doch einer der Sicherheitsleute, der wahrscheinlich nicht das gleiche Niveau hatte wie er, stupste ihn an und sagte, das lass mal lieber bleiben.

Manchmal war Tom richtig wütend, wenn er davon hörte, dass irgendwelche Banden durch die Stadt zogen, um Autos zu zerkratzen, vornehmlich coole Autos, Autos, von denen diese Wichser nicht einmal zu träumen wagen. Doch warum sich aufregen, die ganze Stadt war bedeutungslos, was bedeuteten da schon solche Loser, überhaupt war er sowieso bald in Amerika. Amerika war das einzige Land, das in Frage kam, Freiheit pur, dort wurde selten in die Luft geschossen, solch eine Verschwendung mochte man nicht.

Die Welt war schlecht, sie hielt sich zu viel bei den Ertrunkenen auf, als könnte man den Ertrunkenen noch helfen, man sollte sich vielmehr um das Leben derer kümmern, die alles haben wollen, die sobald die Rede von Ertrunkenen ist, rufen, warum kümmert sich keiner um uns?

Er schaute gerne in die Zukunft. Von der Zukunft versprach er sich alles. Irgendwann, er wusste es, wird ein Planet nach mir benannt werden.

Er musste weinen bei dem Gedanken. Aber das war grotesk. Er weinte doch nicht, er weinte doch nicht über etwas, was ihm zustand.

Tränen sind lächerlich. Er hatte nie gerne geweint.

Wenn er als Junge auf den Boden fiel, nahm er sich zusammen. Er wusste, sein Vater würde Tränen nicht dulden. Er wäre gerne stolz auf seinen Vater gewesen, aber das war schwierig. Sein Vater war selten da. Seine Mutter hasste ihn dafür, sie verstand ihn nicht, und deswegen hasste Tom seine Mutter, und sein Vater, wen hasste der?

Tom dachte an die Zukunft, nicht an die Vergangenheit, er war ein Vordenker, ein Freestyler, die kleinen Dinge interessierten ihn nicht, auch nicht diese Geh-zurück-in-die-Kindheit-und-du-wirst-deineSchwächen-erkennen-Sätze. Er hatte keine Schwächen, er war topfit.

Trotzdem dachte er an früher, er dachte an seinen Vater, er hatte ihn sich immer als Riese vorgestellt, aber so groß war er nicht. Der Vater war ein Kampftrinker. Er konzentrierte sich darauf. Er konzentrierte sich nicht auf den Sohn. Tom verstand das, er musste tun, was er tun musste, er musste trinken. Jeder Mann hatte seine Aufgabe und jeder musste immer alles geben.

Wenn der Vater nicht unterwegs war, war er zu Hause, er war dann besoffen. Tom mochte es, wenn er besoffen war, besoffen gehörte eben dazu, besoffen war männlich, das konnten die Freunde nicht verstehen, es war ihnen unangenehm, mit zu Tom zu gehen, sie fürchteten seinen Vater, er aber war enttäuscht, er war über die Freunde enttäuscht, er konnte nicht glauben, dass sie etwas gegen seinen Vater hatten.

Am liebsten hätte er sie vernichtet. Was waren das für Freunde, das waren doch keine Freunde.

Sein Vater trank gerne, na und?

Seine Mutter strickte gerne, warum sagten sie dagegen nichts, warum machten sie nicht mit, wenn Tom gegen die scherzte.

Nein, sie verzogen ihre Mienen und wollten gehen, sie wollten gehen, ohne gelacht zu haben, er konnte sie nicht dazu zwingen, zu lachen, hätte er gerne, es war unverschämt, nicht zu lachen, sie mussten doch lachen, sie lachten nicht.

Sie kamen nicht mehr mit, irgendwann kamen sie nicht mehr mit, er schämte sich für sie. Sein Vater bekam das doch mit, er bekam doch mit, wenn sie verschwanden, sobald sie bemerkten, dass der Vater da war, weil sie wussten, dass er wieder besoffen war.

Trinkt euer Vater nicht, fragte er.

Sie schüttelten die Köpfe. Warum logen sie? Es waren doch Väter. Väter waren Männer. Männer tranken. Sie mussten trinken, sie mussten schon deshalb trinken, um zu verstehen. Sie mussten trinken, weil sie Väter waren. Es gehörte zur Kultur.

Die anderen in seiner Klasse verstanden es nicht, das Einzige, was sie verstanden, waren die Ohrfeigen, die er austeilte.

Er verstand das, er verstand das gut. Aber seine Freunde verstanden nichts davon. Sie blieben wie angewurzelt stehen, wenn er sie zu sich einlud, er lud sie ja ohnehin nicht gerne zu sich ein, denn der Vater war nicht nur besoffen, er zählte auch die Salamischeiben im Kühlschrank. Wenn er seinen Freunden also etwas zu essen anbieten wollte, konnte es schwierig werden, aber wozu etwas anbieten und wozu sich überhaupt Gedanken darüber machen. Sie kamen ja eh nicht mehr mit.

Was waren das für Freunde, was hatten die für Vorfahren, wo kam so etwas her, er mochte sie nicht mehr, wenn er einen von ihnen alleine sah, bekam der nur deshalb nicht auf die Schnauze, weil er einem noch behilflich sein konnte bei diversen Schularbeiten.

Er verstand seinen Vater, selbst wenn er ihn manchmal nicht verstand, aber auch das gehörte dazu.

Manchmal befürchtete er, dass sie ihn nicht mehr aus der Ausnüchterungszelle ließen.

Er stand oft davor und wartete auf seinen Vater, für ihn war es selbstverständlich dass er dort wartete. Aber immer war da die Angst, die könnten ihn dort behalten. Doch immer ließen sie ihn raus und er war sicher, sie ließen seinen Vater raus, weil er der Beste war und weil man ihn nicht halten kann.

*

Jörg war sauer, sein Plan war miserabel gewesen, überhaupt nicht durchdacht, das war das Problem all seiner Pläne, sie waren nicht übel, aber ihnen fehlte etwas, irgendetwas, das mit Logik zu tun hatte, er dachte einfach nicht gerne nach, das war ein Problem.

Aber eigentlich hatte er nur Pech, das war keine große Sache, hatte er heute Pech, konnte er schon morgen Glück haben.

Trotzdem, er war nicht zufrieden. Er hatte das Gefühl, auf faules Obst getreten zu sein. Er war jedes Mal so nah dran, das konnte er spüren, das bildete er sich doch nicht ein, aber wie es herausfinden, es herauskratzen, wie ihn erreichen, den perfekten Plan?

Jörg war enttäuscht, so gerne wäre er ein Genie gewesen, doch er war keines. Er dachte, alles an seinen Plänen sei durchdacht, genau das Gegenteil war der Fall.

Seine Pläne waren Fallen, Fallen, in die er selber fiel.

Alles an ihnen war so schwammig, war so ideenlos.

Warum machte er sie sich so madig, waren sie wirklich so schlecht, er war doch in Ordnung, warum sollte er denn nicht in Ordnung sein. Er war ein netter Kerl, er wollte kein netter Kerl sein, er wollte in die Zukunft schauen, ohne sich Gedanken zu machen, dafür brauchte er einen guten Plan, er hatte keinen guten

Plan, das machte ihn ratlos, er wollte nicht ratlos sein, was war nur los, er strengte sich nicht an, wahrscheinlich war es das, er wollte sich nicht anstrengen. Anstrengung tat ihm nicht gut.

Er konnte nicht begreifen, warum er nicht erntete, was er verdiente und er verdiente doch was, jeder sollte etwas verdienen, und jeder das, was ihm zustand, und ihm stand doch eigentlich alles zu, wo blieb es, warum berührte er es nicht ein einziges Mal? Ganz einfach, er hatte den richtigen Plan noch nicht gefunden, er würde ihn finden, er war sich nicht sicher, er wollte sich aber sicher sein, und deshalb sah er in die Abendlandschaft, irgendwo dort musste es etwas geben, etwas Großes, etwas, das nur für ihn bestimmt war.

Er war kein schlechter Mensch, vielleicht war das sein Problem, man musste ein schlechter Mensch sein, um sich und andere zu verderben. Er versuchte es trotzdem, er rannte in die Finsternis, er suchte das dunkle Geheimnis, er suchte den Reiz, was er suchte, durfte auf keinen Fall gewöhnlich sein. Aber immer scheiterte er, warum? An den Plänen lag es nicht, die waren nicht ausgereift, gut, das mussten sie auch nicht, er brauchte nur das Glück, das Glück, das andere hatten.

Er biss in eine welke Zitrone, er hatte seltsame Gefühle, Gedanken, die sich über ihn legten, die ihn beschworen, endlich etwas zu tun, etwas zu verwirklichen, nicht immer nur dazusitzen und sich zu bedauern.

Nichts funktionierte, das lag nicht an ihm, er war doch da, er war doch klar, er wusste doch, um was es ging, er musste raus aus der Durststrecke, die mit einer Durststrecke begann und nicht enden wollte.

Er suchte etwas, über das er noch nicht geflucht hatte, und weil er nichts fand, fluchte er darüber. Es war einfach nicht fair.

Es musste etwas in Gang kommen, dafür lebte man doch, er zumindest, aber bislang war nie etwas in Gang gekommen.

Seine Pläne, was sollte an ihnen schlecht sein und warum sollten sie nicht durchdacht sein, durchdacht waren sie, sie waren vorzüglich durchdacht, aber in der Ausführung nicht zu verwirklichen. Was fehlte ihnen? Fehlte ihnen der Geist? Die Selbstdisziplin? Nahm er die Sache nicht ernst? Er nahm die Sache ernst, er nahm die Sache sehr ernst, wie kam er nur darauf, dass er die Sache nicht ernst nahm?

Er erwartete, dass Marie aufgab, dass sie ihre Sachen packte und verschwand, warum machte sie überhaupt mit, sie wirkte auf ihn wie eine Heilige, und wie eine Heilige berührte sie ihn, sie berührte ihn überall, und als sie anschließend eine Senftube aus dem Kühlschrank nahm, musste er immer an ihre Berührung denken, sie war zur Berührung berufen, das machte ihn betroffen, er konnte nicht glauben, dass solche Hände berühren konnten, ohne zu erkennen, sie mussten doch erkennen, dass sie am falschen Ort waren, es waren doch Hände einer Heiligen, die eine Senftube aus dem Kühlschrank holte, die Butter aus dem Kühlschrank holte, die Bier aus dem Kühlschrank holte, die alles aus dem Kühlschrank holen konnte.

Sie war eine Heilige, auch Heilige berühren, und sie berühren genau wie Marie, und Marie war eine Heilige.

Er wusste nicht, warum er so scharf darauf war, dass sie eine Heilige war, sie war sicher keine Heilige, wenn sie eine Heilige gewesen wäre, hätte sie nicht mit ihm geschlafen, und wenn sie doch mit ihm geschlafen hätte, dann sicher nicht wie eine Heilige, aus irgendeinem Grunde konnte er sich nicht vorstellen, dass Heilige wie Heilige vögeln, er dachte, die vögeln gewöhnlich, damit sie nicht auffallen, und deshalb war Marie doch keine Heilige, sie war keine Heilige, weil sie wie eine Heilige vögelte.

Irgendwie klappte nichts, dabei hatte er Marie in diese Kneipe geschickt, in dieser Kneipe saßen doch immer welche, und die, die dort saßen, hatten Geld, deshalb saß Marie da drin, sie war das Lockmittel, sie sollte das Opfer nach draußen begleiten und er würde an irgendeiner Ecke stehen.

Meine Pläne sind so schlecht nicht, sie sind halt einfach nicht machbar.

Sie waren nicht durchdacht, und wenn sie doch einmal durchdacht waren, waren sie nicht zu Ende gedacht.

Hätte Jörg das einmal eingesehen, wäre noch was zu machen gewesen, nicht mit den Plänen, sondern sonst so, mit seinem Leben, mit seiner Existenz, mit seinem Dasein.

Manchmal glaubte Jörg, dass er auf dem falschen Planeten zu Hause war, aber wo sollte er hin, sie hatten noch immer keinen gefunden, wo er existieren könnte, sie redeten viel, forschten täglich, aber in der Forschung lief einiges verkehrt. Warum soll es in diesem ganzen Universum nur uns geben, das ist irgendwie blöd.

Jörg dachte über die Planeten nach, das lenkte ihn ab. Er dachte, vielleicht waren die anderen bereits belebt und wir Menschen haben die Planeten einen nach dem anderen unbewohnbar gemacht.

Das können wir gut, wir sind die einzige Spezies auf der Welt, die ihren eigenen Wohnraum vernichtet. Auch ein Plan, aber kein guter, immerhin nicht seiner.

Es musste etwas geschehen, so konnte er nicht weiterleben, er hielt sich mit zu kleinen Dingen auf, er trank Bier auf Kosten seines Nachbarn, warum nicht, aber befriedigen tat ihn das nicht, zumal der nicht einmal merkte, wenn etwas fehlte, er stellte es in seinen Keller, ohne abzuschließen.
Ein komischer Kerl, und dann noch ohne Pistole.
Was ging ihn übrigens der Nachbar an und was ging ihn seine Frau an, die eine Pistole hatte, die die Einzige war, die die Pistole wie eine Pusteblume halten konnte.
Nun war sie weg. Vielleicht erschossen, oder Punkte sammelnd, um sich vom Elend der Welt das beste Stück zu holen.
Aber er? Was war nur mit ihm los? Ihm war noch nichts gelungen und er hatte es satt, dass ihm nichts gelang. Um ein wenig von sich abzulenken, beschloss er, auf Marie sauer zu sein.

Er fragte sich, warum habe ich immer dieses Pech mit den Frauen, endlich habe ich eine gefunden, die meinen rasanten Erklärungen gefolgt ist wie Hänsel und Gretel dem Knusperhäuschen, und nun.

Dabei sah sie gut aus, das musste man doch sehen, aber sie sah eben wie eine Heilige aus, wer sprach schon eine Heilige an? Man wartete darauf, von ihr angesprochen zu werden, man wartete auf ihre Blicke, damit man sie anbeten konnte, aber ansprechen, ansprechen war nicht drin.

Endlich geschah was. Sie schrieb. Sie hatte einen an der Angel, er gratulierte, mach alles wie besprochen, befahl er.

Sein Gesicht färbte sich. Lockerheit zog ein. Endlich klappte was. Er lächelte, war trotzdem traurig, mitzubekommen, dass sich Frauen immer noch verkaufen mussten.

Ich trink noch ein Bier und dann stell ich mich wie geplant in eine Ecke.

Er freute sich darauf, er würde rauchen und cool aussehen, er würde noch eine rauchen und der Rauch würde sich emporheben, würde über die ganze Stadt ziehen und Marie, wenn sie klug genug wäre, würde den Rauch sehen und sie wüsste, wo er sich befand.

Es war dumm gewesen, zu zweifeln, das musste er einsehen. Auf Marie war Verlass, mit ihr würde er noch eine Menge Spaß haben.

Er sah hinaus, er sah aus dem Fenster, er gähnte beinah, irgendetwas war sehr leer in ihm, er war müde, woher kam diese Müdigkeit.

Irgendwo dort draußen ging ein alter Sack mit einer jungen Frau.

Das war nichts Neues, nichts Besonderes. Es hatte schon so viele von ihnen gegeben, so viele von diesen jungen Frauen, die diesen Männern Gefühle einrieben mit ihren Blicken, sie blickten die Alten an, als hätte ihr Alter überhaupt nichts mit irgendetwas zu tun, auch Marie würde ihn so ansehen, sie würde mit dem Arsch wackeln, und das wäre dann die Tiefe, die diese alten Männer suchten.

Er hatte große Lust, Marie einfach fallen zu lassen. Was suchte er bloß in ihr, was war es gewesen, sie sah gut aus, das war es aber schon, da war sie aber doch nicht die Einzige.

Er brauchte eine Frau, die sich an die Hausordnung hielt, selbst wenn es keine gab.

Er wusste eigentlich gar nicht, was er suchte, hatte sich nie einen Kopf darüber gemacht.

Er schuf sich ein Alltagsleben, in dem eine Frau nicht unbedingt einen Platz hatte.

Die Marie war da einfach hineingestoßen, ohne dass er es unbedingt wollte. Gut, es war nicht schlecht mit ihr, auch dass sie Zwiebeln schälen konnte, ohne gleich zu heulen, fand er gut, aber man durfte sich doch nicht immer gleich einbilden, dass das ganze Leben war, es gab doch noch viel mehr.

Aber irgendwie hatte sie was in ihm entfacht, und wenn es auch nur kurz war, so fühlte er sich aus irgendeinem Grund verantwortlich, nicht für sie, sie konnte ihm gestohlen bleiben, nein, für sich fühlte er sich verantwortlich, er durfte sich keinem Gefühl hingeben, das ihn seine Karriere kosten konnte.

Er hatte ja schließlich Prinzipien, und wenn sie mit jedem einfach so mitging, hieß das doch, dass sie auch mit ihm einfach so mitging, eben nur so, um irgendeinen Nutzen daraus zu ziehen.

Ja, wenn er einen Vollbart gehabt hätte, da wäre sie geblieben, da wäre sie mit ganzer Wucht geblieben, aber da hätte sie auch alles abverlangt, da hätte sie Windmühlen verlangt, auf die er spucken musste, er hätte über alle Grenzen gehen müssen, das wäre ihm bald zu viel gewesen.

Ach, er spiegelte einfach die Realität in eine andere Richtung, er war der Verlassene, er musste sich dumm vorkommen, er hatte dieser Frau vertraut, und was hatte sie aus ihm gemacht, einen Sockenhalter hatte sie aus ihm gemacht.

Warum waren die Frauen so, warum verletzten sie, sie sollten wie in der Fernsehwerbung sein, immer lustig, aber anhänglich und trotzdem selbstbewusst und immer fassten sie sich ins Haar oder schauten sich wild entschlossen nach einer Tafel Schokolade um.

Solche Frauen gab es in der Werbung, in der Werbung kosteten sie das Leben aus, erklommen sie Bäume und durchstöberten immer den Mann, um ihn glücklich zu machen.

Der Mann, der sich rasierte, der alles was er hatte, ihr zu Füßen legte, ein Mann der gern wissen wollte, gibt es noch etwas, was du dir so sehnlichst wünschst, und sie, der Blick so tief wie die U-Bahnnesseln in Frankfurt am Main, schaut dich an, als fehlten ihr zum ganzen Glück höchstens noch blondgelockte Flügel, und genau die wünscht sie sich.

*

Der Schuldirektor stand unter der Dusche. Er sang, es war das Lied vom Glück, es war ein Lied aus der Romantik, aus der Hannoverschen Phase. Er sang es hell und grausam. Seine Stimme klang vernichtend gegenüber dem Lied. Als wollte er das Lied entstellen.

Gäbe es irgendwann in naher Zukunft eine Hölle für schlechten Gesang, hätte der Schuldirektor einen sicheren Platz.

Er erinnerte sich an den ersten Tag als Schuldirektor, während er noch immer unter der Dusche stand, die Duschtröpfchen krochen in jede Pore seiner Haut und suchten hiernach das Weite, kullerten hinunter auf den Boden und verschwanden dort, meistens für immer, damals war er nervös, aufgebracht, er hatte sich lange gefragt, warum ich, warum nicht die anderen, er mochte es nicht, Verantwortung zu übernehmen, und nun sollte er schwören, er konnte nicht schwören, seine Frau beschwor ihn, er konnte nicht schlafen in der Nacht zuvor, er hielt Andacht, betete zu Gott, das verschlimmerte das Ganze noch, es tropfte aus seiner Nase, ich kann nicht hin, sein Jammern half nichts, seine Frau hatte alles fest im Griff, sie ging mit ihm zum Spiegel, sie sagte, das bist du und wo ist deine Hand, er zeigte sie ihr und nun schwöre, sagte sie und er schwor, er schwor wie noch nie.

Bei der Vereidigung wirkte er kläglich, kam sich überflüssig vor, aber das Sprechen glitt flüssig aus seinem Mund, wie Gesang, der sich unter der Dusche ausbreitete und auch nicht klang, aber es kam nicht drauf an, es kam unter der Dusche und bei der Vereidigung nicht auf den Klang an, es kam drauf an, dass man sich nicht in die Hose machte, jedenfalls nicht so, dass es die anderen sahen.

Er fühlte sich alt, das wollte er nicht, er wollte sich auch nicht jung fühlen, am besten war es, sich gar nicht zu fühlen, einfach nur ausstrecken, Luft holen und weitersingen.
Er sang das Lied weiter, das war besser, selbst wenn es schlimm klang, wer konnte es schon hören? Es klang wie Diebstahl, wie Diebstahl ohne Verlust, wie etwas, das vergessen ging, wenn man es weit genug wegtrug.

Er trocknete sich ab, er trocknete sich nicht gerne ab, er hätte die Wassertropfen lieber noch ein wenig an sich, er hätte sie an sich gezogen, an sich gezogen und aufgeleckt. Dunkel war die Seele, dunkel der Kokon, der über ihr hing, dunkel die Traurigkeit, die Nächte, die ihm vorkamen, als verschickten sie vergrabene Scherze, über die nur die Toten lachen konnten. Tote. Seine Frau gehörte zu ihnen, warum erschien sie ihm nie in der Nacht, warum träumte er nicht von ihr, und wenn es nur das war, dass sie irgendwo saß in einem himmelblauen Kleid, an den Fingern Ringe, die vergruben, was sie vergaßen, Finger mit denen sie sich etwas Wind zufächeln konnte. Diese toten unbeweglichen Finger, wie gerne er sie noch einmal berührt hätte.

Doch wie weit war sie entfernt, an diese Entfernung können sich die Lebenden nicht gewöhnen. Dieses Erinnern, das er nicht mochte, das aber in ihm war, das er vergrub, so gut es ging, jener Morgen, als sie kamen, zwei Gestalten, den einen hatte er schon einmal gesehen, als sie einen Taucher begruben, einen alten Taucher, einen, den er nur als Taucher kannte, der seinen Bart verlor, seine Zähne verlor, aber nie seinen Namen, er blieb immer der Taucher, man wusste nicht warum, er wusste nur, dass der eine Sargträger ihn abgeholt hatte, mit einem anderen, nicht der, mit dem er seine Frau abholte, gerade so abholte, als würde sie im Weg stehen, sie stand aber nicht im Weg, er stand im Weg, er versuchte sie nicht daran zu hindern, sie abzuholen, aber er bat sie noch um ein wenig Zeit. Zeit, auf die die Ewigkeit nicht reagiert, die so unverständliche Zeit, die noch ein wenig an den Lippen eines geliebten Menschen hängt. Der Andere, nicht der, den er beim Taucher gesehen hatte, der nickte ihm zu, als würde er den Schmerz kennen, und das tat ihm gut und er hätte gerne Danke gesagt, aber er ließ es besser bleiben.

Er dachte an die verschiedenen Ausflüge mit ihr, einmal waren sie an der Mosel.

Seine Frau stand an der Brücke, ihr Haar wehte in verschiedene Richtungen, sie konnte sich nicht entscheiden. Sie gefiel ihm am besten, wenn sie sich nicht entscheiden konnte.

Dann später aßen sie, in irgendeinem guten Lokal. Der Wind durchstreifte wieder ihr Haar.

Er sagte, nehmen wir den Wind mit, er macht dich noch mal so schön.

Er sagte es viel zu leise, um verstanden zu werden, die wichtigen Dinge verstand sie nicht, weil er sie nicht aussprach, und wenn doch, dann leise, so leise, dass man den Wind verstand, aber nicht diesen Mann, der nicht wusste, was tun, wie er reagieren sollte. Er wusste selten, wie er reagieren sollte, deshalb fehlte ihm seine Frau auch, sie fehlte ihm, weil sie immer wusste, was zu tun war, und vor diesem letzten Tag, hätte sie ihn sicher beruhigt, aber sie war nicht da, ihm blieb nur der Cognacschwenker. Der Cognacschwenker beruhigte ihn, er beruhigte ihn, solange Cognac darin lag. Er sah gerne in die Tiefe des Glases. Er stellte es nicht in Frage, er stellte nichts in Frage, er stellte höchstens die Frage, wie es weitergehen sollte, aber auch diese Frage stellte er weit von sich, so weit, dass er sie betrachten und sich sagen konnte, ich habe nichts damit zu tun.

Er fragte sich, bin ich gut oder bin ich schlecht, bin ich selbstgerecht oder bin ich einer, der sich nach allen Seiten dreht.

Er bekam keine Antwort, das machte nichts, er hatte nichts anderes erwartet. Er ließ die Zweifel fallen, hob neue Zweifel auf. Ich bin ein Zauberer, hauchte er, er glaubte nicht dran.

Er war mies drauf, das war nicht zu verbergen, er traute sich nicht einmal, aufzustehen, selbst das Aufstehen könnte ihn traurig machen.

Seine Frau, an sie musste er denken, die fragte ihn mal, hast du jemals etwas Unvernünftiges getan.

Er hätte nicken sollen, ja habe ich, und du warst dabei, du warst sogar verantwortlich, denn ich sprach dich an, ich sprach dich an, obwohl ich ganz sicher war, dass du auf einen anderen gewartet hattest.

Er sprach es nicht aus, er sah auf die Uhr.

Wir wollen doch noch die Fähre bekommen, hauchte er.

Sie nickte, ja klar, die Fähre.

Ja klar, die Fähre.

Wenn er heute an diesen Satz seiner Frau dachte, spürte er, dass er sein ganzes Leben an den eigentlichen Sätzen vorbeigegangen war.

Der Schuldirektor dachte nach, er konnte sich nicht einfach so schlafen legen, er müsste etwas Spezielles tun, das sollte er sich wert sein, er kam auf die Idee, in die Aula zu pinkeln, eine kleine Pfütze gegen den Redezwang, und wenn es möglich war, dazu noch einen kleinen Haufen machen, damit er in Ruhe pensioniert werden konnte.

Mit einer Flasche Cognac unterm Arm ließ er sich mit dem Taxi vor die Schule fahren.
Hoffentlich kommt der Hausmeister nicht dazwischen, sagte er sich.
Er hatte nichts gegen ihn, redete gerne mit ihm, aber manchmal kam er ihm vor wie einer, der einem im nächsten Moment ein Messer in den Rücken stoßen konnte, nur so, wegen der Ordnung.

Das Taxi hielt und er war zufrieden. Nirgendwo ein Hinweis, dass der Hausmeister noch da war.
Langsam schloss er die Schultür auf. Er lachte, er hatte für einen kurzen Moment die Idee, sich in sein Zimmer zu begeben, sich zu setzen, die Pistole zu nehmen und sich zu erschießen.
Was für ein lustiger Einfall, dachte er, aber was ihn davon abhielt, waren zwei Dinge, zum einen wollte er nicht, dass der Hausmeister oder die Reinigungskräfte ihn so fanden.

Diesen Anblick wollte er niemanden gönnen, man musste still und heimlich sterben, wenn man denn sterben wollte, und zweitens hatte er die Pistole zu Hause gelassen.

Und überhaupt.

Wozu sich umbringen, wo man doch genauso gut auch leben konnte, leben und diesen Anblick genießen. Nachts war die Schule ein magischer Ort, warum war er nicht öfter hier gewesen um diese Uhrzeit? Er sollte den Besen aus dem Putzraum nehmen und durch die ganzen Räume fliegen.

Er ging die Treppen langsam hoch, er lauschte der Stille, die Stille war magisch, er hörte nicht einmal seinen Atem und wenn er ihn doch hörte, tat er so, als hätte er nichts mit ihm zu tun, er hatte das Gefühl, ein anderer zu sein, irgendeiner, von dem niemand wusste, irgendeiner, der in die Schule eingebrochen war, um etwas zu verstehen, um zu verstehen, warum er in die Schule eingebrochen war.

Er sah aus dem Fenster, sah direkt auf den Pausenhof, dort standen sie in den Pausen herum, all diese Kinder, all diese jungen Menschen, schwätzten, alberten, nahmen Drogen, rauchten, bellten, grölten, zählten, malten, verdunkelten, tätowierten, verkrampften und verdarben sich an der Schule die eigene Existenz.

Moment einmal, was sollte das, was verdarben sie?

Sie lernten Zahlen kennen, sie lernten, wie man die Anzahl der Zahlen veränderte, sie lernten wie man die Zahlen sichtbar machte, sie waren verwundert, zumindest manche, wenn sie bemerkten, dass sie allein die Herrscher der Zahlen waren.

Sie lernten, wie man aus ungeraden Zahlen gerade machte, und sie begannen die Dinge zusammenzuzählen.Er jedenfalls hatte Zahlen immer gern gehabt.

Weiter. Er musste weitergehen, immer weitergehen, hatte er denn Zeit? Er hatte doch keine Zeit. Weiter, weiter ging er, immer weiter. Er ging mit dem typischen Gang der Schuldirektoren, ein Bein stellte er voraus, während das andere dazwischen glitt,nur Schuldirektoren konnten so gehen, das brachte ihnen niemand bei, das hatten sie einfach im Blut, sie hatten es in dem Moment im Blut, als sie den Dienst antraten.

Er ging weiter, immer weiter, langsam, vorsichtig, bis er erschrak, unten hatte jemand die Tür geöffnet.

Der Hausmeister!

Nun musste er in sein Büro, schnell, schnell, am besten das Bein etwas nachziehen, damit der Hausmeister keine Angst bekommt, damit er weiß, es ist der alte Direktor, die Beine sind ihm schwer geworden, dem alten Filz.

Sie sind noch da, Herr Direktor?

Für dich bin ich der Helmut.

Aber Herr Direktor.

Helmut.

Also gut, Herr Helmut, was machen Sie denn noch?

Ich ordne noch ein paar Papiere. Wie geht es Ihnen?

Der Hausmeister wunderte sich, solche persönlichen Fragen mochte er nicht, und weil er sie nicht mochte, tat er sie mit einem Nicken ab, aber das hier war der Direktor, bald würde er nur noch ein zitternder Greis sein, aber noch schien er im Besitz seiner Kräfte, da konnte er nicht einfach nicken, und trotzdem versuchte er es, er nickte und dachte, ja, immer ordnen sie Papiere, das ist ihre Hauptaufgabe, wir wissen nicht, was mit den Papieren los ist, und sie wahrscheinlich auch nicht, aber sie ordnen sie, sie ordnen diese Papiere ihr Leben lang, bestimmt lebt er nimmer lang, der Herr Direktor, wenn das Ordnen der Papiere wegfällt, geben die meisten den Löffel ab.

Es ist schon spät, Herr Direktor, sie sollten so spät nicht hier sein, sie sollten zuHause sein, Fernsehen gucken, es kommen doch all die alten Filme, morgen wird es noch einmal anstrengend für Sie, aber diese Anstrengung haben Sie sich verdient. Kommen Sie, gehen wir zusammen raus.

Der redet mit mir, als wäre er Altenpfleger in einem Altenheim, was nimmt der sich raus, noch haben wir kein Bingo miteinander gespielt, noch bin ich der Direktor, und selbst wenn wir Bingo miteinander gespielt hätten und er Altenpfleger wäre, gäbe es keinen Grund so mit mir zu reden, ich bin ein Mensch, junger Mann, ruf ich dem gleich zu, fehlt nicht viel, aber Moment mal, der ist doch auch alt, wie alt mag der wohl sein, wer kann das wissen, der versteckt sein Alter ja unter seiner Mütze. Immer tragen diese Alten Mützen, weil niemand sehen soll, wie alt sie sind, wahrscheinlich wäre er längst reif für die erste Partie Bingo, aber er will davon nichts wissen, und weil er davon nichts wissen will, versteckt er sein Alter unter der Mütze.

Trinken wir noch einen, schlug der Schuldirektor vor, ich habe hier einen Cognac in der Schublade, da fangen sie an und wollen nicht mehr aufhören.

Der Hausmeister schüttelte mitleidig den Kopf, ich gehe gerne zusammen mit Ihnen raus, Ihre Schlüssel können sie mir ja schon geben, morgen stehen ohnedies schon alle Türen für Sie offen.

Oh ja, dachte der Schuldirektor, so einfach wird man alles los, und er gab ihm die Schlüssel und sie gingen zusammen nach draußen.

Er bestellte ein Taxi, zuerst dachte er darüber nach, in eine Kneipe zu gehen, doch er mochte nicht unter Menschen sein, morgen waren genug Menschen da, die ihm die Hände schütteln würden, auch wenn er in seine Stammkneipe gehen würde, würden sie ihm die Hände schütteln.

Er sollte dem Taxifahrer sein Leid klagen, ihn um Verständnis bitten, dass er nicht nach Hause gefahren werden wollte. Er wollte einfach unterwegs sein, am besten die ganze Nacht. Er wollte den Erdball umrunden in diesem Taxi, doch der Taxifahrer brachte ihn nach Hause.

*

Tom sah aus dem Fenster. Etwas in ihm war traurig, warum war er hier, es wollte ihm einfach nicht in den Kopf. Von Amerika aus sind sie auf dem Mond geflogen und weiter, sie haben alles erkundet, es gibt eine geheime Regierung, die nicht einmal der amerikanische Präsident kennt, die führen bereits Gespräche mit Leuten von anderen Planeten, und er sitzt hier und hat Angst, nicht früh genug aus den Federn zu kommen. Dabei könnte er helfen, er könnte Verantwortung übernehmen. Er wurde dort doch gebraucht, vielleicht verstanden sie die Sprache der Außerirdischen noch nicht, er schon. Stattdessen saß er hier am Fenster, ein Glas Whiskey zu seiner Verteidigung, die Gedanken sammelten sich, sie wurden zu einem Stern und reihten sich ein in die Sterne auf der Fahne der USA.

Alles Verlierer, hauchte er, als er die Menge sah, die vor der Bushaltestelle stand, alte Typen mit blauen Overalls, die standen da und glaubten an ein Abenteuer, wie gerne er einfach draufgehalten hätte, niemand hätte überlebt und niemand hätte es verdient, zu überleben, stattdessen reden die sich ganz bestimmt ein, dass in der Stadt irgendetwas auf sie wartet. Gott bewahre, er fragte sich, wie das kam, warum er hier war, er musste die irgendwie loswerden, er konnte nicht leben unter ihnen, er war zu Besserem berufen.

Er sah zu diesen Verlierern und verglich sich mit ihnen, er konnte sich gar nicht mit ihnen vergleichen, er wusste Bescheid, er kannte sich aus, er war kein Schwächling, kein Weichei, kein Gutmensch und keiner, der lange fragen musste, ihm machte keiner was vor, denen konnte man alles vormachen, die glaubten alles. Die sollten sich schämen, aber anstatt sich zu schämen, warteten die darauf, in den Bus zu steigen, und schließlich kam der Bus und alle stiegen brav ein, was für Lämmer. Diese Menschen dort. Er fasste sie zusammen. Er bekam die nicht aus seinem Kopf. Wie konnte man so kleinkariert sein. Die taten jeden Abend dasselbe, immer standen die erkerförmig herum und immer glaubten die, sie würden etwas erleben, die erlebten nichts, wie sollten sie etwas erleben, wo es doch noch nicht einmal sicher war, ob sie überhaupt existierten.

Er kratzte sich am Kopf, trank das Glas Whiskey aus und dachte, ich sollte besser ins Bett gehen.

Er freute sich nicht auf morgen, was hatte er von diesem Morgen, er würde erwachen und wäre noch immer in Gießen, was sollte er in Gießen, diese Stadt war nicht für ihn gemacht.

Er legte sich ins Bett, dachte über Frauen nach. Frauen mochte er nur, wenn sie sich unterwarfen, wenn sie funktionierten, wenn sie taten, was er von ihnen verlangte.

Er war im Recht.

Er war stark.

Er musste im Recht sein.

Er war stark.

Er konnte die Schwächeren nach unten drücken.

Er war stark.

Er hasste die Provinz. Er hasste diese Stadt. Er wäre am liebsten los, um es allen zu zeigen, aber er zog nicht los, er musste schlafen.

Er versuchte es, schloss die Augen, nun schlaf ein, sagte er sich, am besten mit dem Gedanken an Amerika.

Doch er konnte nicht schlafen. Er konnte nicht schlafen. Er konnte nicht schlafen. Er dachte an drüben und was er alles machen würde, alles würde er machen, er müsste nur drüben sein. Doch er konnte nicht schlafen, er konnte nicht schlafen, er hätte so gerne geschlafen, er musste ja schlafen, er dachte nach, dachte an Kolumbus, so gerne wäre mit ihm los, hätte als Erster Amerika entdeckt, aber er konnte nicht schlafen, er konnte nicht schlafen. Es kam ihn vor, als sei er gefesselt, ein wenig gefiel es ihm, ein wenig fand er den Gedanken erregend, gefesselt zu sein, aber das verschwand sehr schnell, er konnte nicht schlafen, er konnte nicht schlafen.

Was war nur los, was war nur los, was war nur los, vielleicht sollte er an irgendetwas denken, er dachte an eine Dollarnote. Er lächelte kühl, beinahe abwesend, was war nur los, was war nur los? Er fühlte etwas in sich hochkommen, das war gut, das war weich, weich war nicht gut. Samenerguss war nur etwas für Gutmenschen, sollten sie doch losspritzen, ihm doch egal, er wickelte das Ganze in ein Tuch und legte es auf die Fensterbank.

Was das für einen Sinn machte, wusste er nicht, es machte schon einen Sinn, denn alles was er tat, machte einen Sinn. Aber er brauchte Ruhe, gerade brauchte er Ruhe, gerade hatte er Ruhe mehr als nötig, was war nur los, er konnte nicht schlafen, was war nur los, er konnte nicht schlafen. Am liebsten wollte er aufspringen, seine frisch gewienerten Schuhe anziehen, jene, die den Durst der Frauen anzogen, die er alle haben konnte, außer den Feministinnen, aber die kamen ihm eh nicht in den Sinn, die dachten zu viel nach, das tat er auch, aber die dachten eigenständig, und das fand er komisch.

Er konnte nicht schlafen. Er musste doch schlafen. Er konnte nicht schlafen, warum schlief er nicht ein, er drehte sich von einer Seite zur anderen, er fühlte sich schwach, das durfte nicht sein, das durfte nicht sein, das durfte doch nicht sein.

Er zitterte. Seine Augen standen offen.

Du musst sie schließen, rief er sich zu, er rief, du musst sie schließen, damit der Schlaf endlich wach wird.

Er verstand es nicht, er musste doch schlafen, ich komme zu spät, er sagte, ich komme zu spät, er sagte zu sich selbst, ich komme zu spät, er durfte nicht zu spät kommen, das konnte er sich nicht leisten, das konnte er sich nicht leisten, das konnte er sich nicht leisten, was war nur los, da war doch etwas im Gange, da war doch etwas gegen ihn im Gange.

Er, der Mächtigste von allen, musste schlafen, er musste sonderbar grinsen, es war seltsam, so zu grinsen, er hatte das Gefühl, nichts mit dem Grinsen zu tun zu haben.

Es kam ihn ungerecht vor, dass ausgerechnet er nicht schlafen konnte, ganz sicher war das kein Zufall, wie sollte es auch ein Zufall sein, das ausgerechnet der klügste Mann der Stadt nicht schlafen konnte.

Diese Mücke musste sterben, diese Mücke roch schon den Tod, sie glaubte bestimmt, sie könnte ihm entkommen, aber sie würde ihm nicht entkommen, denn er war nicht umsonst Tom.

Einen Tom konnte nichts umbringen, es sei denn, man brachte ihn um. Manchmal begriff er das nicht, er begriff nicht, dass auch er sterblich war, er weigerte sich einfach, das zu glauben.

Er hörte sie nicht mehr, sie wartete, sie wartete bis er schlief, er konnte nicht schlafen, er konnte nicht schlafen wegen ihr, er hatte keine Angst zu schlafen, wenn er schlief, ängstigte er sich nicht, er sollte sich auch sonst nicht ängstigen, auch sonst sollte er sich nicht ängstigen, doch er ängstigte sich, er wusste, dass er sich ängstigte, er wollte es nicht wissen, er wollte die Angst wegschaffen, aber woher sollte er wissen, wo sich die versteckte, er wusste ja nicht einmal, wo die Mücke sich versteckte, es war einfach lächerlich, diese Mücke hatte doch nichts zu sagen, sie war viel zu klein, um etwas zu sagen zu haben, sie war ein Tier, sie war noch viel weniger als ein Tier, sie war irgendein Geräusch, irgendein Geräusch, das lauerte, das darauf lauerte, dass er einschlief, so ein Tier hatte doch nichts zu sagen, auch seine Angst war lächerlich, es war einfach lächerlich, es Angst zu nennen.

Alarmstufe rot.

Nein, so weit war es nicht, so schlimm konnte es nicht sein, er wollte nur schlafen, es war wichtig, zu schlafen, er musste doch früh raus, er wollte diesen Job nicht verlieren. Er tat bei den anderen so, als bräuchte er den Job nicht, als würde er nur deswegen arbeiten, damit er etwas zu tun habe. Aber er brauchte den Job, er brauchte den Job unbedingt.

Die Dame vom Jobcenter hatte ihm doch gesagt, das ist ihre letzte Chance, so hatte die Dame vom Arbeitsamt mit ihm geredet. Er wäre ihr gerne ans Leder, hätte seinen Namen auf ihre Wangen tätowiert.

Er hasste es, wenn Frauen so zu ihm redeten. Frauen hatten an solchen Positionen überhaupt nichts zu suchen. Wenn er die nur einmal nachts auf der Straße treffen würde, er würde sie treffen, ganz sicher.

Seine Augen lachten. Er dachte daran, es krachen zu lassen, doch er durfte nicht, er musste schlafen, er musste unbedingt schlafen.

Er fühlte sich schwach, nein, nicht schwach, er fühlte sich einfach nicht gut, das war es. Er musste klein beigeben, er musste morgen zur Arbeit, er konnte nicht so tun, als wäre die Welt anders, als sie war, sie war nicht anders, er würde sie anders machen, irgendwann.

Zurück zu dieser Nacht, zurück zu dem Schlaf, der nicht kommen wollte. Warum schlief er nicht ein, wovor ängstigte er sich?

Was für ein Blödsinn, er hatte keine Angst, warum sollte er Angst haben, er hatte so viel Qualitäten, da machte es gar keinen Sinn, Angst zu haben, warum sollte er Angst haben, wozu sollte die gut sein, diese Angst machte ihn höchstens schläfrig, also könnte er diese Angst gut gebrauchen, er könnte sie gut gebrauchen, und deshalb versuchte er es damit, er versuchte es mit der Angst, er suchte sie, er versuchte sich zu ängstigen, aber das war schwer, und das Schwere ängstigte ihn. Er ängstigte sich also, hatte sein Ziel erreicht, er hatte sein Ziel wie immer erreicht. Er war stolz auf sich, er konnte nicht stolz auf sich sein, denn er musste sich ängstigen, er ängstigte sich und er dachte, ich schlafe bereits, denn nur im Schlaf ängstige ich mich so richtig.

Er kam sich für einen Moment wie in einer Urne vor, er rann, er dachte, er streute seine Augen aus, er könnte von der Urne aus alles betrachten, er fluchte ein wenig, obwohl er nicht unglücklich war, das Einzige was ihn störte, war, dass man sich sammeln und zerstreuen konnte, und zwar gleichzeitig.

Doch das war kein Traum. Das flog durch seinen Kopf, an den Rand seiner Schädeldecke. Er stand auf und ging zum Fenster, er sah gerne raus, er sah gerne zu den Menschen, die mit allem bereits fertig waren, die so berechenbar waren, so flügellahm, als gälten für sie keine Wahrheiten mehr, als könnten sie das Leben nicht mehr entdecken.

Das konnte er auch nicht, aber wenn er es sich lange genug zurechtlegte, eben doch.
Tom hasste es, Gutes zu tun, wenn eine Frau einen Handschuh verlor, hatte er große

Lust, daraufzutreten, ihn so lange zu zerquetschen, bis er kein Handschuh mehr war, doch was tat die Realität mit ihm? Er hob ihn auf und mit großzügiger Geste übergab er den Handschuh.

War so etwas in Amerika möglich? Doch sicher nicht. In Amerika gab es keine Handschuhe und schon gar keine Frauen, die sie verloren. In Amerika musste jeder auf seine Sachen aufpassen, passte man nicht auf, waren sie verschwunden.

Ach, wie gerne er vor irgendeiner Bridge stehen würde, den letzten Fusel in den tiefen amerikanischen Fluss kippen, und alles um ihn verzichtete darauf, das zu kommentieren, und sie verzichteten, weil es sie nicht interessierte. Eine Gesellschaft darf nur an sich denken. Was hat uns der Versuch, Mitleid zu empfinden, schon gebracht, fragte er sich. Man durfte kein Mitleid haben, wer Mitleid hatte, verlor sein Gesicht.

Er zählte die Stunden, bis er wieder aufstehen musste, wenn er nun auf der Stelle einschlief, konnte es noch klappen.

Es klappte nicht. Er versuchte zu lächeln, er versuchte, die Sache nicht ernst zu nehmen. Er versuchte aufzustehen, ohne zu stöhnen, er liebte es, zu stöhnen, aber wenn er stöhnte, kam er auf ganz andere Ideen. Die anderen Ideen konnte er nicht gebrauchen. Er wollte aufstehen, damit er lächeln konnte. Er wusste im Vorhinein, dass er nicht lächeln würde, das war ihm zu albern, es gab keinen Grund zu lachen, also lachte er auch nicht, und doch setzte er sich auf.

Das fiel ihm schwer.

Er stöhnte.

Er liebte es zu stöhnen.

Er lächelte.

Er fand das widerlich.

Schnell legte er sich wieder hin.

Hauptsache, es hilft, sagte er sich und schloss die Augen.

Seine Zehennägel berührten die Matratze, das beruhigte ihn.

Er dachte, jetzt muss ich endlich einschlafen. Das klang wie ein Befehl, und Befehle müssen doch ausgeführt werden.

Er hatte die Augen geschlossen. Er wollte den Schlaf in sich hineindrücken.

Er wusste doch, dass er das schaffen könnte, doch er schaffte es nicht.

Ach, wie hoffnungslos alles war.

Was für ein Satz. Hatte er den gesprochen? Er konnte den nicht gesprochen haben, er kannte solche Sätze nicht.

Jemand musste in ihn eingedrungen sein.

Das waren die ersten Anzeichen. Rote Kreise lagen in der Luft und zogen ihn magisch an, er dachte, das ist, das gehört zu mir, wie die Gabel zum Messer.

Er gehörte der Nacht, vor der er sich nicht fürchten sollte. Er gehörte diesem wachsamen Land, irgendwo dort draußen, weit, weit von Gießen entfernt.

Er spielte verrückt, er sah sich um, ob da jemand war, doch da war niemand, er sollte sich verstecken, er sollte sich verstecken, er sollte sich besser verstecken, er sollte sich nicht vor dem Schlaf verstecken, den Schlaf wollte er doch, für den Schlaf hätte er sich sogar herausgeputzt. Der Schlaf kam nicht, stattdessen kam wer angeflogen, er konnte das nicht ertragen, er ertrug das Summen nicht, er fluchte und wäre gerne geflüchtet vor dem Summen, aber das konnte er nicht, das konnte er schon, doch dazu hätte er sich anziehen müssen.

*

Marie nervte. Ständig schrieb sie und ständig wollte sie, dass er ihr zurückschrieb, und ständig fragte sie, wo er bliebe und ständig mit Herzchen.

Er schrieb, dass er seine Tante im Krankenhaus besuchen müsse.

Sie fand es schrecklich süß, dass er sich so kümmerte. Aber sie wurde traurig, weil sie sicher war, dass er sehr an dieser Tante hing, vielleicht hatte sie ihm das Tanzen beigebracht, vielleicht gingen sie jeden Donnerstag zu Kaffee und Kuchen in ein Café.

Ach Marie, sagte sie sich, warum tust du immer so, als glaubtest du, was diese Idioten sagen, der lügt doch, der kann doch nur lügen.

Er versprach ihr, dass es nicht lange dauern würde, wahrscheinlich würde sie in dieser Nacht sterben, die letzte Nachricht versah er mit einem Smiley.

So ein Depp, aber trotzdem süß und überhaupt, er musste nicht schreiben, stattdessen könnte er genauso gut mit einer anderen irgendwo sitzen und ihr Dinge erzählen, die nicht einmal für einen kurzen Moment in seinem Kopf existierten.

Wurde ihm das nicht langweilig?

Sie wusste es nicht, sie kannte sich nicht aus mit so was, nicht, dass es das erste Mal war, dass sie an so einen gekommen war, aber es war das erste Mal, dass ihr das nichts ausmachte.

Jörg liebte es, wenn die Frauen ihn liebten, wenn die Frauen ihn vor allem wegen seiner Lügen liebten.

Die Marie hing an ihn, bestimmt glaubte sie an die große Liebe oder irgend so einen Mist.

Er liebte die Frauen, es machte ihn glücklich, zu sehen, wie sie sich quälten, wenn sie hörten, dass irgendwo etwas Trauriges geschah. Sie versuchten immer zu trösten, waren zärtlich, ohne etwas dafür zu verlangen.

Warum tanzte er so auf ihr herum, weckte Gefühle und vernichtete zugleich? Wir ahnen es nur, es könnte sich in der Kindheit niedergeschlagen haben. Es könnte gewesen sein, ein Mädchen, rote Haare, grüne Augen, Wahrsagerinnenblick, man könnte behaupten, sie sei nicht ansprechbar für ihn gewesen.

Er hing an ihren Lippen, er suchte das große Inferno, doch das große Inferno fand ohne ihn statt.

Seitdem suchte er sie in jeder, sie war etwas Besonderes, er wüsste nicht, wie es beschreiben, sie war unbeschreiblich, sie weckte etwas in ihm, eine Gefangenschaft, eine andere Gefangenschaft als die, die er noch kennenlernen sollte.

Eigentlich sollte er an irgendeiner Ecke stehen, es wäre einfach gemein, nicht dort zu stehen, sie wartete doch auf ihn, sie ging doch nicht freiwillig mit dem Alten.

Aber dann geschah etwas, und es geschah weil er draußen war, weil er kein Stubenhocker sein wollte und weil er am Ende sogar in einer Ecke gewartet hätte, aber dann sah er jemanden, den er lange nicht mehr gesehen hatte, den er früher ausgenommen hatte wie eine Weihnachtsgans.

Bork hieß der und Jörg rief ihn. Sie gingen zusammen in dieselbe Schule, er konnte sich gut erinnern, er hatte Bork unter dem Gelächter der anderen die Hose runtergezogen. Bork hatte vorher schon in die Hose getropft, alle sahen es und lachten.

Nun rief er seinen Namen, rief ihn, weil er plötzlich auf seiner Zunge lag, lag da und musste ausgesprochen werden, und als er ihn ausgesprochen hatte, rief er ihn erst, er verstand nicht, dass er ihn rief, und das auch noch fröhlich.

Bork hörte ihn, er war überrascht, ihn zu hören, ein seltsamer Klang kroch in sein Ohr, das war ja Jörg, Jörg, die dumme Sau, die ihn immer verprügeln wollte, ihn aber selten verprügelt hatte, weil er es viel schöner fand, ihn anderweitig fertig zu machen.

Bork hatte die Idee, Jörg anzulächeln, wie kam es, er wusste es nicht, er hatte keinen Grund, ihn anzulächeln, und doch tat er es.

Beinah hätten sie sich umarmt, aber so weit wollte Jörg dann doch nicht gehen.

Bork fing zu fragen an, wo hast du die ganze Zeit gesteckt?

Im Knast.

Im Knast, du machst Scherze.

Manchmal mache ich auch Scherze.

Wie ist es dir ergangen, Jörg.

Bork, hör auf zu schleimen, du hast mich nie gemocht.

Was erzählst du da, und selbst wenn es so wäre, alles vergeben und verziehen, ich freue mich, dich zu sehen, du hast meinen Namen gerufen.

Ich habe Bork gerufen.

Das ist mein Name.

Bork, was machst du so, warum stehst du hier und gehst mir auf die Nerven?

Ich arbeite als Versicherungsvertreter.

Glaub ich dir nicht.

Ich glaube mir das auch nicht, und trotzdem tue ich es.

Hast eine Frau?

Nein, leider nein, hatte mal eine.

War sie gut?

Sicher, die tat mir gut.

Das wollte ich nicht wissen.

Ich weiß schon was du wissen wolltest, ja sie war eine Granate im Bett, aber das erzähle ich dir nur, weil du mir das auch nicht glaubst, und trotzdem stimmt es, sie war die Granate, nur ich nicht.

Ha, ha, ha, Alter, ich habe nichts anderes erwartet, schön dich zu sehen.

Bork war es gewohnt, dass man über ihn lachte, sollte man doch über ihn lachen, lachen war besser als schreien, wenn sie schrien, wurde er hellhörig, aber wenn sie lachten, hörte er nicht hin.

Sie schaufeln und schaufeln und schaufeln und sie merken nicht, wie sie schaufeln, sie dürfen es auch nicht merken, denn wenn sie es merken, fürchten sie sich vor sich selber, sie dürfen sich nicht fürchten, nicht vor sich selber. Sie finden nichts dabei, sich vor anderen zu fürchten, aber still und heimlich, so dass es keiner bemerkt, aber kaum sind sie draußen, fangen sie an, sie fangen an, über Typen wie Bork zu lachen, er hat nichts dagegen, wenn sie lachen, lachen ist besser als weinen, weinen macht die Augen sichtbar, sichtbare Augen können sehen, es ist nicht gut, wenn sie sehen, wenn sie sehen, könnten sie verstehen, es ist nichts dabei, zu verstehen, aber wenn man das Verstehen nicht versteht, wird es schwierig, deshalb findet Bork es nicht schlimm, wenn sie über ihn lachen, er findet es nicht schlimm, weil er ahnt, dass für sie, aber auch für ihn nichts anderes existiert, und so schaufeln und graben und schaufeln sie, und ihr Schaufeln wird nicht lahm und ihre Schaufeln werden nicht krumm und sie lachen, lachen und lachen, und es kann ein Trost sein, wenn sie lachen, denn ihr Lachen klingt schlecht, ihr schlechtes Lachen klingt wie ein Schaufeln, und sie schaufeln und schaufeln und sie schaufeln ein Grab nach dem anderen, und keines ist ihnen recht, und obwohl ihnen keines recht ist, legen sie sich dennoch in eines hinein, ohne dass sie jemand fragt.

Als er damals nur in Unterhosen dastand, lachten alle, wie sollten sie auch nicht lachen, es war etwas, womit sie nicht gerechnet hatten. Er stand in Unterhosen da, sie lachten und lachten und lachten, und ihr Lachen klang wie ein Messer, und ihr Lachen war blutig und ihr Lachen machte ihnen überhaupt keinen Spaß.

Bork tat das nicht weh, er war nur etwas verwirrt, er war noch nie vor so vielen in Unterhose dagestanden, trotzdem, etwas war da, ein Gefühl, er fühlte sich einsam, die anderen kamen sich so gewitzt vor, sie lachten, weil er in Unterhosen dastand, bei den Naturvölkern hätte er gelacht, aber das Naturvolk war weit und er war einsam, doch dann tauchte Armin, der Klassenprimus, auf, legte die Arme um ihn und entschuldigte sich, obwohl er doch gar nichts getan hatte.

Bork schlug vor, in ein Café zu gehen.

Wer zahlt, fragte Jörg.

Wir können dort reden, sagte Bork.

Ist klar, aber wer zahlt?

Ich, du Idiot, sagte Bork.

Jörg war zufrieden. Er dachte, irgendwie ist das doch mein Tag, mit Bork kann man was anfangen, man kann mit ihm etwas anfangen, ohne dass man ihn nötig hat.

Jörg musste an verschlossene Tresore denken, die lange auf ihn warten mussten, denn auf die hatte er keinen Bock, er hatte Bock auf etwas Großes, auf etwas, das schon lange fällig war, noch konnte er es nicht in Worte fassen, doch er spürte es, er spürte, dieser Plan würde etwas Entscheidendes ändern.

Er zitterte nicht, weil er sich zusammennahm und weil der Plan noch nicht tief genug in ihm war. Er würde schon noch zittern, da war er sicher, und wenn er damit aufhörte, war der Plan gefasst, dieser Plan würde der Plan aller Pläne sein.

Jörg trank ein Bier nach dem anderen, er sah zu Bork und sagte, du kommst mir immer noch so deppert vor wie früher, mein Güte, was hast du für Signale ausgesendet, ich hatte immer das Gefühl, du wolltest, dass ich dich töte.

Wollte ich das, fragte sich Bork, wahrscheinlich wollte ich das.

Was hast die ganze Zeit gemacht, wollte Jörg wissen, er sah auf sein Handy, ab und an meldete sich Marie, soll sie sich doch melden, er war nicht mehr interessiert.

Darmstadt.

Wie?

Ich habe in Darmstadt gelebt.

In Darmstadt?

Jörg dachte, sei vorsichtig, der belügt dich, es ist zum Kotzen, man kann niemandem trauen, ich sollte ihn zusammenschlagen, was hindert mich daran?

Du bist zum Kotzen, Bork, was hast du in Darmstadt gemacht?

Ich habe aufgeräumt.

Ach, wie gerne er die Fingerspitze in sein Hirn gebohrt hätte, wie gerne er ihn einfach nur erschossen hätte.

Wie meinst du das?

Ich habe versucht, vergebens natürlich, dahinterzukommen, was das Leben ist, ich saß stundenlang vor einem Spiegel, ich war nackt, aber es kam nichts dabei heraus.

Warum erzählst du mir das, soll ich geil werden, weil du nackt warst?

Ja.

Bork, hör auf, den Idioten zu spielen, ich habe dich gerufen, ich bin trotzdem nicht schwul und du bist es auch nicht, aber ich kann mir gut vorstellen, dass du tust, als wärst du es.

Ich war in Darmstadt.

Ich weiß, dass du in Darmstadt warst, was ist aber nun dein verficktes Problem.

Ich bin wieder da.

Jörg hätte kotzen können, irgendwie traf er nie die, die er gerade nötig hatte. Nur im Gefängnis war das kein Problem, aber ins Gefängnis wollte er nicht.
Immerhin hatte Bork Geld und er würde zahlen, das schwor sich Jörg, wenn ich mir diese Scheiße schon anhören muss.

Gib mir deine Geldbörse.

Was?

Du sollst mir deine Geldbörse geben.

Was willst du denn mit ihr.

Ich muss mal auf die Toilette.

Aber.

Das war ein Witz.

Ich habe selten so gelacht.

Was ist mit dir los Bork, wer bist du, warum glotzt du mich so blöd an.

Ich kann nicht anders.

Gibst du mir die Geldbörse.

Nein.

Dann zahlst du wenigstens die Getränke.

Das habe ich schon gesagt.

Was für ein Idiot, dachte Jörg, was für ein unfassbarer Idiot. Was macht der eigentlich den ganzen Tag, warum treffe ich den erst jetzt wieder auf der Gasse, ich verstehe den Idioten nicht, aber er könnte mir noch von Nutzen sein.

Bork fühlte sich wie im Traum, als liege sein Gesicht auf seinem Lieblingskissen und spüre, es ist alles gut, man darf es nur nicht in Frage stellen.

Natürlich konnte Jörg nicht aus seiner Haut, er hatte nichts anderes erwartet, er musste so sein, sonst wäre er nicht Jörg gewesen, sonst wäre er irgendwer gewesen, aber nichtsdestotrotz, ein bisschen freundlicher könnte er schon sein.

Jörg fühlte sich mächtig. Er war etwas Besseres als Bork. Bork war niemand, er war irgendein Idiot, der nur deshalb lebte, weil er nicht wusste, dass es den Selbstmord gab.

Wenn es mir zu blöde wird, erschieße ich ihn, dachte Jörg.

Warum bist du gegen mich, fragte Bork.

Ich bin nicht gegen dich.

Weil ich bessere Schuhe trage als du, stimmt's?

Gib mir die Schuhe.

Was?

Gib mir die Schuhe.

Warum.

Bork, hör mir genau zu, ich bin der Chef und du hast dich unterzuordnen.

Ich bin bereit.

Dann gib mir deine Schuhe.

Nein.

Jörg hätte kotzen können, was war das für ein Leben, das ging doch nicht mit rechten Dingen zu.

Hör zu Bork, ich sag dir, was ich vorhabe, es ist mir eingefallen, weil du mir deine Schuhe nicht geben willst, ich werde den Schuldirektor töten, verstehst du.

Du willst was.

Oh tu nicht so, du hast schon verstanden.

Verstanden schon, aber verstehen tue ich es nicht.

Bist du mein Freund?

Aber klar.

Müssen Freunde immer zueinander stehen?

Ich denke schon.

Dann denk dran und vergiss dein Misstrauen, das wird eine große Tat.

Bork wusste, dass es das nicht war, er wusste, es war genauso eine idiotische Tat, wie den ersten Weltkrieg anzufangen. Gut, der Vergleich mochte hinken, dachte Bork, aber Rosa Luxemburg hatte auch gehinkt und die hatte gesagt, dass das ein Blödsinn sei mit dem Krieg.

*

Tom war kein Erbsenzähler, dass er zu Größerem berufen war, war für ihn selbstverständlich.

Seine Augen verrieten eine Menge, sie konnten, wenn sie wollten, eigene Aussagen treffen. Die Gedanken seiner Augen waren trübe, waren sanft, viel zu sanft, um irgendetwas mit ihm zu tun zu haben, er hasste diese Sanftheit, aber er konnte sie nicht ganz ablehnen.

In dieser Nacht aber hätte er auf die Gedanken seiner Augen gerne verzichtet, er hätte auf alles gerne verzichtet, nur auf den Schlaf nicht. Die Schlaflosigkeit zehrte an ihm, es flog ein Hausschuh in die Richtung, in der er die Mücke vermutete.

Der Gedanke, sie getroffen zu haben, schien etwas in ihm zu wecken, es reizte ihn, zu sehen, ob sie irgendwo tot herumlag, mit dem Gesicht nach oben, schmerzverzerrt.

Natürlich war das lächerlich, aber er lächelte nicht, er lächelte ohnehin selten, und wenn, dann nur aus Verachtung, dafür konnte er nichts, er konnte doch nichts dafür, dass er so viel Verachtung für alle übrig hatte, was blieb ihm denn anderes übrig, die Welt war, wie sie war, ein müder Witz.

Hätte es nicht Amerika gegeben, wir wären ohnehin verloren.

Von Amerika hatte er schon als Kind geschwärmt, er wollte Erdnussbutter statt Nougatcreme, er spielte Amerikaner gegen den

Rest der Welt, und wenn die Amerikaner einmal nicht gewannen, blieb er solange auf dem Boden liegen, bis die anderen Kinder genervt aufgaben.

Nun war es Nacht und Amerika war weit, so weit, dass man gar nicht wusste, wie weit, das tat Tom weh, ihm tat es auch weh, dass er sich von einer Mücke am Schlaf hindern ließ.

Das war eine Schwäche, die er nicht duldete.

Barfüßig wie ein General, der nicht genau wusste, wie er den Krieg gewinnen könnte, schritt er durch das Zimmer. Er war nervös, schläfrig. Schnell ein Whiskey und kurz nach draußen sehen, nach oben, zu den Sternen, die über Amerika wachten.

Amerika war so hilfsbereit, immer mussten die wissen was geschah, immer opferten die sich, flogen mit ihren Flugzeugträgern über ferne Länder, was kam da aus den Flugzeugen heraus, Geschenke, Geschenke, Geschenke.

Aber diese Stadt. Diese Stadt war viel zu klein für ihn, er trank einen Whiskey, dann noch einen und endlich legte er sich wieder ins Bett.

Du denkst, du wärst stark, du denkst, du wärst natürlich und alles um dich künstlich, du denkst, du wärst der Faden und die Welt müsste ihn nur in die Hände nehmen.

Du denkst, dein Dachschaden wäre etwas Großes, und du denkst, du hättest die-

sen Dachschaden verdient, aber denk dir nur, du hast ihn nicht verdient, du bist nur ein armer Wicht mehr, ein armer Wicht mehr, der denkt, er habe ein Gesicht, aber du hast keines.

Ein lächerlicher Kerl bist du, ein Feigling, wie es ihn an jeder Straßenecke gibt, du trinkst, damit du dich nicht selbst erschießt, du trinkst, damit du denkst, du bist mutig, du trinkst, damit du den Faden nicht verlierst, du glaubst, dir wachsen Flügel, du traust dir alles zu, aber du traust dir nur deshalb alles zu, weil du besoffen bist.

Er ignorierte diese Stimme, so gut es ging, er hing ihr das Mäntelchen von etwas nicht Gewesenem um, und doch fürchtete er sie, denn in gewissem Sinne gab er ihr Recht. Aber dann packte ihn die Wut. Was nahm sich die Stimme heraus und warum tauchte sie plötzlich in ihm auf, er hatte sie doch versteckt, er wollte gar nicht an sie denken.

Warum Feigling? Hatte er etwa Angst vor der Mücke? Angst, sie könnte zustechen? Nein. Er fürchtete höchstens, nicht einschlafen zu können, er war darauf so konzentriert, dass er nicht einmal das Summen bemerkte, das immer näher kam. Aber dann bemerkte er es doch und er wurde zornig, diese Mücke war entschlossen, ihm den Schlaf zu rauben. Es kam ihm vor, als würde sie ihn sehen, als würde sie ihm zulächeln, ja, als glaubte sie, sie könnten Freunde werden.

Er schwitzte, und das zog sie magisch an, sie flog über ihn, er fasste nach ihr, versuchte es wenigstens, aber das Einzige, was er zu fassen bekam, war die Luft.

Er fühlte eine Wut in sich, die kraftlos machte. Er schaltete das Licht an und sah seinen Körper an, er schlief immer nackt, selbst wenn es kühl war und die Heizung nicht funktionierte.

Er dachte, ich gehöre hier einfach nicht hin, er dachte an seinen breiten Körper, dachte an die unendlichen Weiten Amerikas und fing beinahe an zu weinen, doch ein Mann weinte ja nicht, und deshalb ließ er es bleiben.

Plötzlich hatte er große Lust, wie ein Wahnsinniger aufzulachen. Mittlerweile saß er in der Küche. Er hielt sich eine Scheibe Brot vors Gesicht und fing an zu lachen.

Ja, er saß in der Küche, hielt sich eine Scheibe Brot vors Gesicht und lachte, lachte wie ein Wahnsinniger.

Er bekam einen Schreck, einen Schreck von seinem eigenen Lachen, er wäre am liebsten davon gelaufen, doch wie hätte das ausgesehen, das hätte nach Angst ausgesehen, und die Angst schloss er völlig aus seinem Leben aus. Trotzdem lief ein Schrecken durch seine Glieder.

Er sah nach draußen, sah sie noch immer an der Bushaltestelle stehen, es waren immer andere, und trotzdem kam es ihm vor, als wären es immer dieselben.

Soll ich mich zu ihnen stellen, soll ich so tun, als hätte ich doch etwas mit ihnen zu tun?

Nein, das durfte nicht sein, sie waren doch seine Untertanen, dementsprechend musste er sich auch verhalten, dementsprechend durfte er auch keine Angst haben, dementsprechend ging er wieder in sein Zimmer, zum Bett, er verordnete sich Bettruhe, als wäre er sein eigener Arzt.

Er lag im Bett und brannte darauf, endlich einzuschlafen.

Er schloss die Augen.

Feige, feige bist. In dir ist nichts, was du denkst, denkst gar nicht du, es ist ein Denken, dass sie dir eingespritzt haben, du ähnelst niemandem und damit allen. Du bist allein, aber selbst dazu reicht es nicht aus, das zu denken, du kannst nicht denken, alles, an was du glaubst, hast du dir an anderen abgeschaut. Wer bist du? Warum versteckst du dich, hast du dich entschieden, immer so zu bleiben? Wohin gerät das, du solltest schreien, du solltest weinen, aber zum Weinen fehlt dir alles und den Schrei hebst du dir bis ganz zuletzt auf.

Was war los? Er zitterte. Diese Stimme kam aus seinem Innersten. Er hätte gerne auf sie geschossen, aber das war nicht möglich.

Es gab immer einen Haken. Nichts war möglich, nicht einmal der Schuss aus nächster Nähe.

Er hörte sie, sie kam, sie dachte, der schläft, aber er schlief nicht, er konnte nicht, er wollte, ihr Summen war da, war so nah, er versuchte es zu überhören, er hörte es, er versuchte es sogar hinunterzuschlucken, es gelang nicht.

Er war müde, er konnte nicht schlafen, er dachte nicht, du schaffst es, er war nicht in Amerika, in Amerika hätte er es geschafft, in Amerika konnte man alles schaffen, selbst wenn man gar nicht wollte.

Öffne den Mund, rief er sich zu, er wollte sie aufessen, mit Haut und Haar, er würde sie mit den Zähnen zerreiben, etwas war immer da und machte den Geschmack aus, vielleicht würde er auf den Geschmack kommen und würde Jagd nach Mücken machen.

Glücklich war die Mücke auch nicht, wie auch? Sie wollte doch nur etwas aufsaugen, hatte sie dazu kein Recht?

Sie drehte genervt um. Ihre Beinchen flattrig, ihr Blick nervös, auch sie mochte auf die Uhr sehen, aber das war natürlich albern, was hatten Mücken mit der Zeit zu tun. Sie hatten nichts mit der Zeit zu tun, sie konnten etwas mit Ästhetik anfangen, mit Raum und Wärme, sie mochten die Wärme, wie der Gevatter Tod das Schweigen, aber mit der Zeit gerieten sie nie in Berührung, warum auch, musste ja nicht sein.

*

Horst mochte nicht an Leyla denken. Als er sie kaufte, versprach er sich nichts davon, und trotzdem war sie etwas wie eine Befreiung, bis sie platzte.

Er dachte nicht gern daran. Es war seine wildeste Zeit gewesen. Wann immer er konnte, vögelte er mit ihr, und sie konnte immer, immer.

Sie war so reich an Qualitäten, sie wusste stets, was er wollte.

Aber als er sie kaufte, war er nicht überzeugt, sie war ein Sonderangebot mit einem leichten Defekt. Er nahm sie mit, aus lauter Langeweile.

Und dann das.

Alles war neu. Alles unfassbar, unantastbar, sie hatte Augen, die nirgendwo hingehörten.

Alles an ihr musste entdeckt, versteckt und befreit werden, es musste vor der Wirklichkeit versteckt werden, es musste von ihm entdeckt werden, es musste vom Staub entdeckt werden, es musste von der Nacht entdeckt werden.

Es war ihm nichts mehr gleichgültig, er zitterte, er zitterte, als er die Luftpumpe holte, er schaffte es kaum, sie aufzupumpen, und kaum war sie aufgepumpt, da sah er sie, da begrüßte er sie, da umarmte er sie.

Etwas Unbekanntes hielt Einzug.

Er betrachtete sie, sie betrachtete ihn, da war sie also, die Liebe, er hatte Lust auf sie, aber zuvor wollte er eine Suppe mit ihr essen, drum ließ er sie los, und als er sie losließ, verlor sie die ganze Luft.

Doch das konnte Horst nicht mehr schrecken, das konnte auch Leyla nicht schrecken.

Er musste den Stöpsel eindrücken, also pumpte er sie noch einmal auf und dann konnten sie gemeinsam in die Küche gehen.

Er war so nervös, fast hätte er ein Lied gepfiffen. Er machte die Suppe heiß, die war schon etwas älter, aber je älter eine Suppe war, desto besser wurde sie.

Was ging ihn diese Suppe an, es ging doch nicht um diese Suppe, alles, worauf er sich konzentrierte, war Leyla, darüber vergaß er ganz, dass die Zeit auch während der Liebe vergeht, und es war Liebe, das konnte jeder spüren.

Die Suppe aßen sie nicht, die hatte schon angefangen zu stinken, und die bläulichen Flecken in der Suppe sahen auch nicht gut aus, aber wozu musste man etwas essen, wo es doch die Liebe gab? So gingen sie zurück, zurück ins Wohnzimmer, er wollte nicht gleich mit ihr ins Bett, das hatte Zeit, er war nicht so gestrickt, man musste sich erst kennenlernen. Er bot ihr eine alte Praline an. Sie zeigte sich wohlwollend gegenüber der Praline. Oft meinte er, sie sprechen zu hören, was erzählte sie nicht alles von ihrem Leben, sie erzählte alles von ihrem Leben, und er? Er hörte zu und fand es traurig und nahm sie in den Arm und sicher hätte er sie ausgezogen, wenn sie nicht schon ausgezogen gewesen wäre.

Er musste immer wieder an ihre Brüste denken, er war nicht ganz sicher, ob das noch ein Denken war, er sah sie, er sah ihre Brüste und dachte, aber war das tatsächlich Denken? Er war nicht sicher.

Dann die erste Nacht, unfassbar, er verlor jegliches Bewusstsein, er dachte, die Decke stürze ein, er fühlte sich so beschwingt, lächelnd sah er sie an, lächelnd schob er ihre Augen unter seine. Er trug anfangs eine Unterhose, doch je näher er kam, desto mehr verlor er die.

Was waren das für Gefühle, das waren große Gefühle. Naturgemäß hatte er Angst, diese Gefühle wieder zu verlieren, er wollte sie nicht wieder verlieren, er wollte alles riskieren, er spürte, diese Nacht, er wollte sie festhalten, er konnte Leyla festhalten, aber die Nacht, die Nacht doch nicht.

Alles draußen mochte nach alten Schmieröl riechen, hier lag er und sah sie an, fragte, darf ich dich anfassen.

Leyla nickte, sie nutzte die Möglichkeit zu nicken und sie nickte.

Er trank Sekt und sie sah ihm dabei zu, ihr Körper war willig, ihre Augen waren es auch.

Er konnte alles in ihren Augen sehen, als wären sie vierundzwanzig Stunden am Tag wach.

Die Liebe zog ein in ihn.

Er ging tagelang nicht raus, nicht, weil er sich schämte, sondern weil er sie nicht allein lassen wollte.

Sie war nackt.

Sie konnte nicht mit rausgehen, und selbst wenn, er hatte keine Lust, zum Gespött der anderen zu werden, das durfte er Leyla nicht antun. Leyla, der er so viel zu verdanken hatte.

Doch der Durst war stark und der Hunger ein kluger Verbündeter. Er musste raus, er wollte nicht raus, er sah Leyla an, es war Liebe.

Er wollte sie nicht allein lassen, nicht einen Augenblick.

Wozu existierte der Durst, wozu der Hunger?

Anfangs ging es noch, er rief Pizzaservice an, die brachten ihm das, was er brauchte, aber irgendwann wurde das Geld knapp, es wurde viel zu früh knapp. Wie traurig das war, wie brannte sein Herz, wenn er daran dachte, er durfte nicht daran denken, der Schmerz saß so tief. Er versuchte einen Schritt aus der Tür, er versuchte ihn wirklich, es ging nicht, er war bewegungslos, er traute sich nicht, sie mitzunehmen, es kam ihm schäbig vor, als wollte er sie vorführen, als wollte er mit ihr angeben, seht hin, was ich für eine Freundin habe.

Sie war schön, es war Liebe.

Sie sprach mit ihm, er hörte es, die Nacht gehörte ihnen, er fütterte sie mit seinem Glied, es war unendlich, es war Liebe.

Danach redeten sie, er stand am Fenster und versuchte, ihr die Welt zu erklären, das war nicht immer einfach, denn das meiste verstand er selbst nicht, aber das, was er verstand, erklärte er ihr, und immer hakte er nach und fragte, liebevoll, hast du verstanden?

Wie kühl die Welt draußen war, was ging sie ihn an, sie ging ihn nichts an, seine Sonne erwachte jeden Morgen neben ihm, aber er durfte nicht raus, er durfte auf keinen Fall raus. Er hatte es doch versucht, einen Schritt aus der Tür, mehr war ihm nicht gelungen.

Er war körperlich abhängig von Leyla, er musste etwas suchen, er musste irgendeine Lösung finden.

Er sah in seinem Kleiderschrank nach, er hatte nur schmutzige Männerklamotten.

Ich mache mich ja zum Lumpen, wenn ich sie das tragen lasse, sagte er sich.

Leyla versprach er Klamotten. Sie schauten sich gemeinsam im Internet um.

Leyla deutete etwas an und Horst wusste gleich, das muss sie haben.

Als der Postmann kam und das Paket brachte, war die Erleichterung riesengroß.

Endlich konnte er mit seiner Leyla raus.

Sie zog den dunklen Abendmantel an und sie gingen los.

Drunter trägt sie nichts, dachte er, und die anderen bemerken es, die anderen schauen uns staunend an und ich spüre die niedergeschlagenen Blicke der Männer, die so etwas auch gerne hätten. Aber Leyla war einmalig. Sie war ein Sonderangebot gewesen, aber das vergaß er ganz schnell, selbst wenn sie kein Sonderangebot gewesen wäre, hätte er sie genommen.

Es war Liebe.

Es überraschte ihn, so ein Gefühl für sie zu haben.

Er blickte auf die Welt, als wäre es das erste Mal, dass er sie sah, ihm kam alles in den Sinn, ja, dachte er, ja, morgen frage ich sie, ob sie meine Frau werden will, sie will vielleicht meine Frau werden, dachte er sich.

Sie gingen wie Verliebte über die Straßen. Ja, sie lustwandelten, waren glücklich, alles stimmte, sie waren zu zweit, lebten in Harmonie.

An ihrem Geburtstag schenkte er ihr ein Radio und Handschuhe, er wollte ihr auch einen BH schenken, aber er mochte es lieber, wenn sie keinen trug.

Ihr Lieblingssender war Radio Filz.

An ihrem Geburtstag ritten sie solange, dass er das Gefühl hatte, wenn es sie tatsächlich fortgetrieben hätte, müssten sie mindestens in El Salvador sein.

Alles war in Bewegung. Es waren Zeiten, die er nie vergessen konnte, dabei konnte er alles vergessen, wenn er nur wollte.

Er schrieb ihr Briefe und schickte sie weg, als der Briefträger mit der Post kam, las er ihr den an sie gesandten Brief vor.

Nach jedem Wort glaubte er, sie kichern zu hören.

Was für eine Zeit.

Warum gab es nicht mehr davon.

Er spürte das Verlangen, sie in ihrem Testament zu erwähnen.

Ach, was hieß hier, sie erwähnen, er wollte sie zu seiner Alleinerbin machen.

Das Problem war bloß, dass er nichts hatte.

Was sollte er vererben?

Ganz gleich. Er war glücklich, so glücklich war er noch nie gewesen.

Wären da nicht die anderen. Die anderen kicherten und gingen weiter, aber eines Tages stand einer vor ihr, er stand vor ihr und bemerkte ihn gar nicht. In Horst erwachte eine Eifersucht, die er bis dato nicht von sich gekannt hatte, er hätte sie am liebsten zur Rede gestellt.

Als dieser Typ sich erdreistete, sie zu fragen, ob sie mal Zeit habe, mit ihm tanzen zu gehen, platzte erst Horst und dann Leyla, und als Leyla platzte, war alles um ihn still.

Das war der Defekt. Die Puppe konnte vor Glück platzen, und als sie gefragt wurde, ob sie Lust habe, mal zu tanzen, platzte sie, sie platzte einfach vor Glück.

*

Der Schuldirektor steuerte auf die nächste Flasche Cognac zu, er ging langsam, damit er nicht stolperte, er hatte Angst zu stolpern, er hatte Angst, auf dem Boden zu liegen, er würde sich nicht helfen können, er würde auf dem Boden bleiben.

Morgen müssten die dann ohne ihn feiern, das würden die ohnehin, die würden ohnehin ohne ihn feiern, ob er nun da war oder nicht.
Die mochten ihn nicht, die fanden ihn nichtssagend. Nur zum Hausmeister hatte er einen guten Draht, und ausgerechnet der hatte ihm den Schlüssel abgenommen.

Wehmütig schaute er nirgendwohin, er hatte nur ein Ziel, auf das musste er sich konzentrieren, er wollte zum Schrank, er wollte zum Cognac. Er hörte seine Schritte, er war froh, dass er sie hörte. Er war nicht mehr sehr sicher auf den Beinen, er bildete sich das nur ein, aber es war etwas konstant Zerbrechliches in ihm, das konnte doch nicht irren.

Er stand vor dem Schrank, eine Spinne versuchte in einer Ritze zu verschwinden, es gelang, er versuchte es ja auch nicht zu verhindern, er hatte überhaupt keinen Sinn für diese Spinne. Er wollte den Cognac und er öffnete den Schrank, die Spinne erschrak aufs natürlichste, sie hatte natürlich das Gefühl, es ginge hier um sie, doch es ging nicht um sie, es ging um den Cognac, er holte ihn heraus, er sah die Spinne nicht, die Spinne sah auch ihn nicht, aber sie nahm ein Geräusch wahr und musste lachen, sie musste tatsächlich lachen, warum sie lachte, werden wir nie erfahren.

Er ging zurück, die Angst war verschwunden, er ging beinah beschwingt, ein Lied auf den Lippen, eines von Truck Stop, er konnte die nicht leiden, aber er mochte ihre Lieder, wenn auch nur heimlich.
Als er wieder in seinem Korbsessel auf dem Balkon saß, klang alles in ihm sehr zufrieden.

Er trank und versuchte, die Trunkenheit damit hinunterzuspülen, so hatte er es auch mit den Erinnerungen tun wollen, immer war er gescheitert.

Besonders eine klebte an ihm. Er dachte daran, wie er seine Frau kennengelernt hatte, es war in einer Teestube, es war sehr ungemütlich dort, nicht geheizt.
Er saß im hinteren Eck und konnte sie gut beobachten. An den Wänden hingen Bilder von damals beliebten Schauspielern. Gisela May oder Heinz Eckner lachten aus dem Bilderrahmen heraus. Wie tot sie heute waren und wie lebendig einst. Die Gisela kam gar aus Wetzlar, hatte er dort nie gesehen, war aber

auch selten dort, immer nur in Gießen, und wenn nicht in Gießen, dann auf dem Vogelsberg oder Edersee, manches Mal auch Frankfurt, war immer gut in Frankfurt, wie gestorben kam er zurück, so viel getrunken, und dann mit dem Reinhard, der nichts mehr trinken musste, geschafft hatte der bei Buderus in Lollar. Pranken hatte der und ein wenig verrückt war er auch, aber wer war das nicht.

Fuhr oft schwarz mit der Bahn, lebte von einem Katholikentag zum anderen.

Den letzten Tag bei Buderus sollte er sich die Papiere holen, holte sie auch. Die Glastür des Personalbüros brach entzwei, als Reinhard sie zuschlug.

Er wusste im Januar schon, wo er zu welcher Weihnachtsfeier ging.

Ihm sollte man ein Denkmal setzen, zwischen Biebertal und Gießen war sicher noch Platz.

Spazierte mit einem CDU-Politiker so lange am Seltersweg hin und her, bis dieser zu einer Sitzblockade aufrief.

Einem Staatsanwalt gratulierte er zu seiner Niederlage und einem anderen Staatsanwalt erzählte der Reinhard einmal, dass es ein Foto gab von ihm und der Rita Süßmuth, das wollte der Staatsanwalt sehen.

Wenn ich nicht da bin, schieben sie es einfach unter der Tür durch, sagte der Staatsanwalt.

Reinhard nahm es so, wie es gesagt wurde, er ging in das Gebäude der Staatsanwaltschaft, überging die Sicherheitsbeamten, bückte sich runter zum Türspalt und schob das Foto ins Zimmer des Staatsanwalts.

Die Sicherheitsbeamten knurrten, da schlug er die zwei zu Boden, Ärger bekam er nicht, es war ja nicht seine Schuld.

Sie hatte auf jemanden gewartet, das sah er ihr an, und wenn sie nicht gestorben wäre, würde er es immer noch sehen, er würde immer sehen, dass sie auf jemanden wartete und dass das nichts mit ihm zu tun hatte, das tat ihm immer noch weh. Was war es für ein Bursche, warum kam er nicht, hatte er Angst? Manche haben Angst vor den Frauen, sie sehen sie gerne an, aber sie haben Angst vor ihnen, woher diese Angst kam? Warum sich darüber Gedanken machen? Er war dort gesessen, hatte sie beobachtet, er hatte sie gerne beobachtet, auch wenn er ihr alles ansah, auch wenn er ihr ansah, dass sie auf einen andere gewartet hatte.

Was wollte er dort damals? Wusste er es noch?

Oh ja, er wusste es. Er kam gerade von der Uni, es kam ihn dumm vor, nach Hause zu gehen, er lebte nicht allein und er war sicher, dass sie irgendein Fußballspiel ansahen. Er mochte dieses Spiel nicht, er begriff ja, dass es einem gefallen konnte, aber warum wurde so ein Theater darum gemacht, es war eine Sportart, na und?

Deshalb wollte er nicht nach Hause. Er fürchtete, dass er anfangen würde, mit denen zu diskutieren, das wollte er nicht, da würde er am Ende nur flüchten, weil er ansonsten ein Massaker anrichten könnte.
Er war ein friedlicher Kerl, aber wenn man seine Argumente lächerlich machte, konnte es passieren, dass er sehr wütend werden konnte.

Deshalb saß er in der Teestube und beobachtete seine Frau, die auf einen anderen wartete.
Er lief ihr später ein paar Mal hinterher, sie ging nie wieder in diese Teestube und schließlich wurde sie abgerissen und man baute dort ein Automobilhaus hin, was nicht verschwand, war eine Erinnerung.

Darüber hatten sie nie gesprochen, sie hatten nie darüber gesprochen, das ihr Zusammensein, eigentlich ein Irrtum war.
Sie wollte sich ja mit einem anderen treffen, aber der war nicht gekommen, wäre der gekommen, sie hätten nie miteinander gesprochen.
Er wollte unbedingt herausfinden, wer es war, seine Frau fragte er nicht, das kam nie in Frage. Er besuchte schwarze Messen, buchte

eine Hellseherin, sie sollte sich mit seiner Frau treffen, sollte ihr in die Augen schauen. Es kam nichts dabei heraus, und trotzdem waren die schwarzen Messen nicht umsonst.

Ihn erregte die Stimmung, in die er versetzt wurde, er bewunderte die Dunkelheit des Raumes, das Beben der Stühle, natürlich konnte von einem Beben nicht die Rede sein, aber man redete ja nicht, man schwieg bei den schwarzen Messen, und während man schwieg, bebten die Stühle, ob sie das nun konnten oder nicht.

Wie unsinnig das Leben war, dachte er, schaute in die Stadt und trank einen Schluck aus dem Cognacschwenker.

Die Hellseherin überraschte ihn nicht nur mit ihren schönen grünen Augen, sondern auch mit dem Anspruch, den sie an sich hatte, denn sie sagte, ich verlange nur Geld, wenn ich erfolgreich bin.

Sie war nicht erfolgreich, aber seine Frau schwärmte von ihr, von ihrem Charme, von ihrem Witz, von ihren schönen Augen. Sie wurden Freundinnen, und das alles nur, weil er herausfinden wollte, auf wen seine Frau damals gewartet hatte

Er fühlte sich betrogen, obwohl es dafür keinen Grund gab, sie hatte auf einen anderen gewartet, der andere war nicht gekommen, der andere hatte sie sitzen lassen, hätte der andere sie nicht sitzen lassen, er hätte sie sicher nach Hause begleitet, genauso wie er.

Er wollte niemandem im Weg stehen, wäre er damals doch noch gekommen, er wäre aufgestanden und hätte sich höflich verabschiedet, doch er war nicht gekommen und sie war bei ihm geblieben, sie blieb bei ihm, obwohl sie im Gedanken doch noch bei dem anderen war, wie sollte sie nicht bei dem anderen sein, das konnte er ihr nicht einmal verübeln.

Auf ihn hatte sie doch gewartet, nicht auf mich, dachte er fröstelnd.

Er trank einen Schluck gegen die Kälte.
Das half.
Das half ein wenig.

Er mochte Erinnerungen nicht die ihn belasteten, dabei konnte es ihm doch gleichgültig sein, ob sie auf einen anderen gewartet hatte.

Ganz im Gegenteil, er sollte stolz auf sich sein, er war ein einziges Mal mutig gewesen, als er vor ihr gestanden war und sie fragte, ob da noch Platz wäre. Er hatte auf den leeren Stuhl gezeigt und sie, als hätte sie auf niemanden gewartet, hatte gesagt, aber bitte, setzen Sie sich.

*
Marie hätte auf ihr Horoskop hören sollen, in ihrem Horoskop stand, gehen Sie auf nichts ein, von dem Sie etwas erwarten, Pläne sind gut, aber nicht alle.

Sie hatte nicht auf das Horoskop gehört, sie hatte in dieser Kneipe gesessen und alles genauso getan, wie Jörg gesagt hatte, traurig hatte sie ausgesehen, so traurig, dass dem alten Horst gar nichts anderes übrig geblieben war, als sie anzusprechen.

Nun war ihr klar, warum Jörg nicht kam, Jörg kam nicht, weil es mit dem Plan nichts war.
Er hatte sich vorgestellt; einen reichen alten Säufer, einer bei dem es sich lohnt, er hatte geglaubt, in dieser Kneipe gäbe es nur alte reiche Säufer.

Er hatte sich nicht informiert, war nicht drin gewesen, hatte das Wesentliche versäumt. Jörg gehörte zu den Typen, die glauben, alles zu sehen, ohne es zu sehen. Die hören einen geschmeidigen Klang und denken, das wäre das Glück, aber es ist nicht das Glück, es ist einfach nur ein geschmeidiger Klang.

Schade, dachte Marie, schade, dass dem ein Furz quer liegt, schade, dass er nicht denkt, ich tue etwas, aber ich tue es nicht richtig. Das ist mutiger als alles andere. Mut ist, Schwächen zu erkennen und sie zu mögen.

Wie gerne hätte ich ihn näher kennengelernt, sie fand den Gedanken entzückend, entzückend deshalb, weil er so weit entfernt war von ihr.

Oh, wie liebe ich diese Typen, dachte sie, ich liebe sie, weil sie auf deinem Körper tanzen, weil sie plötzlich Dinge erkennen, die sie am Tag ignorieren. Sie glauben immer an das Besondere, aber sie wollen nichts dafür tun.
Solche Typen werden nicht erwachsen, was nicht schlimm sein muss, was schön ist, weil man mit solchen Typen immer Karussell fahren kann.

Nun spazierte sie mit dem Alten, er rechnete sich sicher schon aus, wie er sie bekommen würde, wie er sie flachlegen und dann durchvögeln würde. Immer denken sich das solche Alte und suchen in den eigenen Schritten irgendeinen Takt, der das bestätigen könnte.
Doch ihr Takt ist defekt, ihre Augen noch jung, jung wie die alten Lieben, die man nicht vergisst, weil man sie nicht vergessen will, alt wie die erste Tränen, die ersten Tränen beim Erwachen.
Du erwachst und irgendwo liegt eine, die du gerne haben willst, die du sehen möchtest, wie sie dich ansieht, wie sie dich anfasst, wie

sie dich beruhigt, wie sie dir die Welt erklärt mit einer Berührung.

Eine Berührung kann endlos sein, wenn sie jemand erkennt, wenn sie jemand als das erkennt, was sie ist. Die Entdeckung einer Formel, die nichts zu bedeuten hat, die niemals endlich ist, die immer vergessen wird, nachdem man sich berührt hat.

In diese Wirklichkeit zu tauchen, war es immer wert, aber hier, was war hier? Erkannte das dieser Alte, wusste er, dass es Orte gab, die er nur erreichte, wenn er nicht in sie eindrang, sich nicht hineinbohrte, sondern darauf wartete, dass man ihm sagte, komm.

Als Horst und sie über die Lahnbrücke gegangen waren, da hatte sie ihn angesehen, er hatte es bemerkt, es fehlte nicht viel und er hätte gelächelt, er lächelte nicht, denn er war sich nicht sicher, alles konnte man missverstehen, und er war Experte im Missverstehen, und doch war er sicher, er war beinah sicher, dass sie ihn angesehen hatte.

Schon konnte man die Hochhäuser sehen, in einem von diesen wohnte er, er mochte gar nicht daran denken, wie es in seiner Wohnung aussah.

Ich geh mit, sagte Marie sich, ich bin nicht bei Verstand, nur deshalb gehe ich mit.

Sie standen vor einem Hochhaus, er sah sie an, bestimmt glaubte er, sie würde verschwinden, doch sie verschwand nicht.

Wie man es auch drehte, er holte die Schlüssel aus der Tasche, öffnete die Wohnungstür, machte das Licht nicht an, entschuldigte sich, ist defekt.

Sie glaubte ihm nicht, er schämte sich, es gefiel ihr, dass er sich schämte, das zeigte doch, dass er mit dem Zustand seiner Wohnung und vor allem mit seinem nicht einverstanden war.

Mehr verlangte sie nicht. Sie brauchte nicht die, die immer sagten, es ist alles gut, und dann war gar nichts gut.

So war es in Ordnung, so konnte sie einige Minuten herumstehen, immer mit der Möglichkeit, zu verschwinden.

Horst fasste es nicht, er fasste es nicht, dass sie in seiner Wohnung stand, er sah sie nicht, wie sollte er sie sehen, es war ja dunkel, er würde das Licht nicht einschalten, es wäre dumm, das Licht einzuschalten, sie würde ja alles sehen, bestimmt lag noch irgendwo die ein oder andere Unterhose herum.

Er spürte sie, sie atmete, er liebte diesen Atem, er spürte eine leere Bierdose ganz in der Nähe, er hatte große Lust, draufzutreten, er tat es nicht, er tat es nicht, weil es ihr nicht gefallen hätte, und er wollte, dass es ihr gefiel, obwohl das unmöglich war.

Alle Gründe sprachen dagegen, zu bleiben, doch sie blieb, sie blieb, weil er sagte, ich habe eine Badewanne, wenn du magst, kannst du sie benutzen.

Marie liebte es, zu baden, sie hätte am liebsten alle Klamotten fallengelassen und gefragt, wo ist das Zauberstück. Er zeigte ihr das Bad, legte trockene Tücher bereit und drehte das Wasser auf. Er tat alles so ruhig und gelassen und doch brannten in ihm alle Sicherungen durch, ganz begehrlich verlangte es ihm nach irgendeinem Pfropfen, den er in den Mund stecken könnte, er spürte, dass er den Verstand verlor, dass er im Kreis laufen musste, um zu sich zu kommen.

Später saß er im Wohnzimmer. Er traute sich nicht, er traute sich nichts, sie spitzte sicher die Ohren, jedes Geräusch konnte auffällig sein.

Er musterte die Tapeten, die Tapeten waren dunkel. Er hatte noch immer kein Licht gemacht, warum nicht, sie war doch im Bad, ja, sie war im Bad und sie war nackt, bestimmt war sie schon nackt, und auch im Bad war es dunkel, und obwohl es im Bad dunkel war, war sie nackt, sie konnte sicher überall nackt sein, sie kannte sich damit aus, sie lebte damit, sie lebte mit ihrer Nacktheit. Ihre Nacktheit musste unglaublich sein, er durfte nicht daran denken.

Er dachte daran, er dachte sie sich in der Badewanne, bestimmt lag sie schon drin, weiter kam sein denken nicht nicht.

Dabei konnte er hineingehen, das war doch nicht verboten, das war doch erst verboten, wenn sie das sagte, und sie sagte ja nichts, keine Geräusche kamen vom Bad, höchstens das Plätschern der Hände, ein Beweis dafür, dass es ihr gefiel.

Auch ihm hätte das gefallen, er hätte sich ihre Hände genommen, und dann hätten sie zu zweit weitergeplätschert.

Er sollte Tabletten nehmen. Er hatte doch noch irgendwo Tabletten. Wenn er diese Tabletten nicht nahm, schaffte er es nicht. Es war ihm alles zu viel.

Vielleicht sollte er Amok laufen.

Aber noch war er okay, noch war klar, dass er klar war, noch wusste er, was er tat, aber vor allem wusste er, was er nicht tat, auch wenn er es nicht verstand, und weil er es nicht verstand, fragte er sich, warum gehe ich nicht ins Bad, ich könnte doch etwas vergessen haben, irgendetwas vergesse ich doch immer.

*

Zukunftserwartung und Abstand, davon hatte Bork eine Menge. Erst in ein paar Tagen würde er einen neuen Dienst antreten, er würde ins Treppenhausmanagement einsteigen. Er ging ein Risiko ein, der Job als Vertreter war nervig, aber er brachte Geld und er kannte sich darin aus, im Treppenhausmanagement war er ganz und gar von seinem Gedächtnis abhängig, er musste sich ständig erinnern, denn ein Treppenhaus bedeutete, Erinnerungen in die Luft zu tragen, mit sich zu tragen, zu anderen zu tragen. Er hatte Angst davor, er hatte es sich aufschwatzen lassen, immer ließ er sich alles aufschwatzen, aber ganz egal, wie die Sache auch ausging, er konnte immer zu seinem Job als Vertreter zurückkehren.

Nun zog er aber erst einmal mit Jörg herum. Er mochte es, wie der Bier trank, er trank schnell, er trank geräuschlos, er trank es, als würde er essen, als würde er das Bier anfangs mit Messer und Gabel essen, und erst zum Schluss klang es, als würde er es in den Mund stopfen.

Er stellte sich Jörg in Prag vor, warum denn in Prag, er wusste es nicht, es war halt so ein Gedanke, war etwas Schlimmes daran?

Bork war das Trinken nicht gewöhnt, nicht, dass er gar nichts trank, aber er trank immer nur so viel, wie er vertrug, aber in dieser Nacht … Er hatte das Gefühl, er müsse dauernd trinken, er dürfe gar nicht aufhören damit. So etwas hatte er noch nie erlebt.

Aber gerade tranken sie nicht. Sie waren auf der Straße, auf der Straße war es nicht gut, auf der Straße wurde geschossen, er fand es nicht schlimm, dass geschossen wurde, aber er mochte es nicht, davon getroffen zu werden. Aber wie sollte ihm etwas passieren (das meinte er auch, er konnte, wenn er wollte, alles meinen, ohne dass er das Gefühl hatte, sich wie ein Windrädchen zu drehen).

Trotzdem wäre Bork lieber wieder ins Café zurück, er hätte geredet, er hätte über alles geredet, er hätte selbst über das Schweigen geredet, das Schweigen, das ihm manchmal so schwer fiel.

Jörg hatte ihn auf eine Art gerufen, die ihm beinah die Socken ausgezogen hätten. So viel Zärtlichkeit, hätte er nicht gewusst, dass es Jörg war, er hätte auf einen Engel geschworen, der ihn sah und seinen Namen rief.

Jörg erzählte von seinen Plänen. Er verstand nur, dass er den Schuldirektor töten wollte, aber warum, das sagte er nicht.

Jörg was ist mit dir, was ist los, hast du Kummer, soll ich dir helfen, ich kann dir wahrscheinlich nicht helfen, aber ich bin da, Jörg, ich kann dir zuhören und ich höre dir zu.

Das alles dachte er sich nur, er sprach es nicht aus, er wusste ja, wie reizbar Jörg war, er musste vorsichtig sein, was er sagte.

Jörg, was hast du vor, fragte er.

Hab ich gesagt, meinte Jörg.

Trinken wir was, schlug Bork vor.

Später, sagte Jörg, glaub nicht, ich merk nicht, dass du Schiss hast, dabei habe ich dich nicht gebeten, mitzukommen. Meinetwegen kannst du bleiben, wo der Pfeffer wächst.

Aber du weißt nicht, wo der Direktor wohnt, sagte Bork unbedacht.

Jörg musste ihm Recht geben, er irrte hier durch die Straßen, als kenne er den Weg, aber er kannte ihn nicht.

Also gut, sagte er, trinken wir weiter, trinken wir und reden wir, aber reden wir nicht über das, was hinter uns liegt.

Bork war zufrieden. Aber Jörg nicht.

Bork, wenn du glaubst, das ist hier eine laue Nummer, dann verpiss dich, mir ist es ernst. Ich habe nicht die Absicht, mich mit dir herumzuärgern. Verstehst du. Du glaubst, nicht was ich für Leute kenne, die würden dir den Kopf abschießen, ohne dass sie es bemerkten, verstehst du, ich habe dich hier ins Boot geholt, weil du beweisen sollst, was du kannst, ich habe nie daran gezweifelt, dass du etwas kannst, nur geglaubt habe ich es nicht. Als ich dich sah, dachte ich, das ist kein Zufall, der Trottel dort, den kennst du doch.

.

Ja, du hast meinen Namen gerufen.

Bork, geh mir nicht aufn Wecker. Es ist nichts dabei, einen Namen zu rufen, aber zu sehen, dass jemand kein Idiot mehr ist, das ist das Wunderbarste auf der Welt.

Wie du meinst.

Geh mir nicht auf die Nerven, Bork. Gehen wir lieber in die Kneipe, wir trinken und trinken und reden und reden und ich hoffe, dass du dich drauf einlässt, dass du tust, was ich dir sage. Ich habe dir ein Geheimnis verraten, ich habe dir erlaubt, mir zuzuhören, du wirst es nicht vermasseln, versprochen.

Bork wusste nicht genau, wovon hier überhaupt die Rede war, aber verderben wollte er es trotzdem nicht, drum versprach er es, er hätte alles versprochen in diesem Moment, er hätte, wenn Jörg es gewollt hätte, die Hose ausgezogen.

In der Kneipe roch es nach Bier, nach überbackenen Baguettes und nach Rauch, der längst verschwunden war.

Was ist.

Bork.

Ich weiß, wie du heißt.

Nein, das meine ich nicht, was du willst, frage ich dich.

Warum sagst du dann Bork?

Ich weiß nicht.

Du bist verrückt.

Was willst du vom Schuldirektor?

Gegenfrage, was wollte er von mir, damals als Kind, warum bestellte er mich zu sich, bot mir Weintrauben an, schmutzige gelbe Weintrauben, nie werde ich diesen Anblick vergessen, er hatte eine Mütze in der Hand, schau mal, ob sie dir passt, sagte er süffisant.

Und?

Was und, ich nahm die Mütze nicht, seitdem verfolgte er mich, ich bekam schlechte Noten.

Weil du faul warst.

Ich war nicht faul, ich fühlte ihn hinter mir, ich weinte oft im Schlaf.

Was willst du von ihm?

Frag nicht so blöd, du hast mich verstanden.

Ja, aber warum?

Ich habe es dir gerade erklärt.

Du erzählst Unsinn, der Typ war für niemanden eine Bedrohung, höchstens für sich selber.

Mir egal, was du über ihn sagst, wenn du nicht mitkommst, du Pisser, kommst du eben nicht mit, ich brauche niemanden, der mir nicht glaubt.

Du weißt nicht, wo er wohnt.

Ich finde ihn schon.

Du findest ihn schon.

Okay, machst du mit oder nicht, vertraust du mir oder nicht?

Ich komme mit.

Du weißt also, wo er wohnt.

Ja, ich ging ihm mal hinterher, ich wollte ihn fragen, ob er mir ein Interview geben würde, weißt vielleicht noch, wir machten damals so eine Schülerzeitung. Wichtigtuer nanntest du uns, und in gewissem Sinne hattest du Recht, unsere Schülerzeitung war nichts wert.

Jörgs Augen leuchteten auf, komm schon, erzähl weiter.

Ich dachte, der würde mit dem Auto, aber er stieg in den Bus und ich ihm hinterher, vor seinem Haus kam ich näher, aber gefragt habe ich ihn doch nicht, denn ich sah so etwas Angstvolles in seinem Gesicht, und davor lief ich davon.

Also weißt du, wo er wohnt.

Wenn er da noch haust, ja.

Jörg lächelte.

Du findest mich schlecht, Bork.

Ich finde dich nicht schlecht.

Oh doch, und du hältst mich für einen Idioten, deshalb habe ich immer gesagt, dass du ein Idiot bist, ich habe es nur gesagt, aber ich wusste, dass du es nicht warst, du warst halt etwas blöd und so.

Ich war nicht blöd, der Deutschlehrer hat mich gelobt.

Jeder hat doch gesehen, dass du nichts drauf hast, warum sollte ausgerechnet der Deutschlehrer das nicht gesehen haben, er war doch nicht kurzsichtig.

Er trug keine Brille.

Er hat sich verstellt.

Warum bist du so?

Trinken wir noch einen?

Warum bist du so?

Ich weiß nicht, ich mag dich, trinken wir noch was.

Bork blickte Jörg an. Er hätte ihn gerne etwas gefragt, aber warum sollte er, der würde ja doch wieder nur sauer reagieren.

Was ist, fragte Jörg säuerlich

Hast du das Buch gelesen?

Bork, mach mich nicht verrückt, welches Buch?

Die Bibel.

Wie kommst du da drauf?

Jeder sollte sie gelesen haben, es steht eine Menge drin und das meiste beruht auf Tatsachen.

Das meinst du.

Nein, das ist so, zum Beispiel die Geschichte mit Hiob, die stimmt.

Jörg war genervt und betrunken, was sollte er mit Bork anfangen, sollte er ihn schlagen, ihn vergessen, sollte er ihn fortjagen? Aber dann wäre er ganz allein, und allein wollte er das nicht machen.

Du hast Recht, sagte Jörg endlich.

Du wirst die Bibel lesen?

Nerv nicht Bork, ich schwöre es dir, wenn du mir hilfst tu ich alles für dich, ich werde dir sogar eine Frau besorgen, die dich rausholt aus deiner Blödheit.
Das sagte Jörg nicht, er dachte es nur, er dachte an Marie dabei. Marie, es war komisch an sie zu denken, es kam ihn vor, als wäre sie irgendwie seine Schwester, das war natürlich idiotisch, machte aber nichts.

*

Tom war stolz.
Er war stolz darauf, stolz zu sein.
Er war stolz darauf, ein Mann zu sein.
Er hatte einen Pimmel.
Er war stolz auf seinen Pimmel.
Sein Pimmel war stolz auf ihn.
Sie verstanden sich.
Wenn zwei sich verstehen, geht irgendwo auf der Welt ein Marmeladenglas auf.
Tom mochte keine Marmelade, aber er mochte es, stolz zu sein.
War er nicht stolz, wusste er gar nicht, wohin.
Aber er war ja stolz, er wusste ja, wohin, er kannte die Richtung, er kannte den Nabel der Welt, er kannte die Bedeutung des Wortes „Wir", er dachte, das gehört mir, das alles existiert nur, weil ich einen Pimmel habe.
Er war stolz darauf, einen Pimmel zu haben.
Er war stolz darauf, ein Mann zu sein.
Er hatte sich das ausgesucht. Man hatte ihn gefragt und es hatte nur eine Antwort gegeben und nun war er ein Mann und war stolz.
Sein Pimmel auch.
Sein Pimmel war auch stolz.
Nun leuchtete er aber nicht. Es war nicht der Zeitpunkt, zu leuchten, sein Pimmel hätte gerne geleuchtet, doch er leuchtete nicht.

Es war diese Müdigkeit, auf diese Müdigkeit war er nicht stolz, auf diese Müdigkeit konnte er nicht stolz sein.

Nun, er versuchte es erst gar nicht.

Er konnte nicht schlafen.

Er schlief nicht.

Er schlief nicht wegen der Mücke.

Zu den Waffen, rief Tom. Er rief es in sich hinein. Er wiederholte es, er konnte nicht schlafen. Die Müdigkeit weckte ihn, sie zählte ihn ab, sie kroch durch seinen Körper.

Hätte er einen Traum gehabt, er hätte es noch viel lauter gerufen. So laut, dass man es in der ganzen Welt gehört hätte.

Tom saß in den Nesseln, er hatte Angst, er wollte von dieser Angst nichts wissen. Er saß auf der Toilette und dachte nach.

Später dachte er immer noch nach, aber er saß nicht mehr auf der Toilette.

Auf der Toilette drangen die Gedanken tief in ihn ein.

Er bekam sie nicht zu fassen.

Er konnte nicht schlafen, er fasste sich ins Haar, schaute nach, ob seine Brustwarzen hart waren, er hätte gerne gekotzt, nach irgendeinem milden Takt, sein Mund war ein dunkler Korb und manches war dort hängen geblieben.

Er fühlte sich schwach, er durfte sich nicht schwach fühlen, er war nicht schwach, er war nicht schwach, er war nicht schwach.

Eine Mücke raubte ihm den Schlaf, das war lächerlich.

Er war wach, weil er gezwungen wurde, wach zu sein. Er musste schlafen, morgen hatte er zu tun. Morgen kam eine Lieferung. Dreihundertfünfzig Gurkenpaletten, er musste schlafen. Er dachte an die Gurken, er dachte an die Paletten, er dachte an die Gurken in den Gläsern. Er dachte an den Schlaf. Er konnte nicht schlafen. Er musste schlafen, er würde entlassen werden, wenn er nicht pünktlich wäre. Er musste pünktlich sein, obwohl er es gar nicht nötig hatte, er hatte die Arbeit gar nicht nötig, und trotzdem, er musste pünktlich sein, wenn er nicht pünktlich war, ging es wieder los, ging die Suche wieder los, er wusste nicht, warum es so schwierig war, aber es war schwierig, und weil es schwierig war, durfte er nicht verschlafen, er musste morgen früh aufstehen, er musste aufstehen, er musste aufstehen, er musste unbedingt aufstehen, wenn er verschlief, daran war nicht zu denken, das wäre nicht gut, davor hatte er Angst. Er hasste es, Angst zu haben, er hatte keine Angst, das Wort war lächerlich, es tauchte hin und wieder auf und tat so, als wäre es von irgendeinem Gewicht. Es fummelte an ihm herum, es tat so, als könnte es ihn irgendwie jucken, es juckte ihn, doch das durfte er nicht zeigen, er durfte nicht zeigen, dass er Angst hatte, er tat, als hätte er mit dieser Angst nichts zu tun.

Er legte sich erneut ins Bett, schlief noch nicht ein, zuvor betete er auf Amerikanisch,

> please my god
> send me a letter
> with all the perfect visions,
> before I was in USA
>   I was not so beginning
> like you

Nebenan waren Geräusche aufgetaucht, dunkle Geräusche, die ihn noch finstrer dreinblicken ließen.

Dort wurde gelacht. Frauenlachen.

Eine von den Frauen kannte er, er hatte sie einmal etwas Lustiges gefragt, aber sie war einfach weitergegangen. Seitdem sprach er nicht mehr mit ihr, er sah sie nur scharf an, mit diesem Blick konnte er alles um sich herum töten, es war wie ein Weckruf, wie ein Weckruf des Todes, den Rest besorgte seine Schnellschusswaffe.

Er hätte gerne bei seiner Nachbarin Schicksal gespielt, er hätte es beeinflusst, aber das durfte man nicht, das fiel unter die alten Gesetze, es sei denn, man leistete Sterbehilfe.

Er konnte nicht schlafen. Was war nur los, er war angespannt. Dabei war es doch wie immer, draußen standen sie an der Bushaltestelle und warteten auf den lächerlichen Bus, und diese lächerlichen Menschen stiegen in den lächerlichen Bus und setzten sich, stiegen aus, spazierten in lächerliche Kneipen, gingen später in noch viel lächerlichere Diskotheken und warteten ab, immer warteten sie nur ab.

Er stand am Fenster. Ruhig war es draußen, viel zu ruhig, woher kam diese Ruhe, hatte sie etwas damit zu tun, dass die Menschen aufgegeben hatten?

Sollten sie doch aufgeben, er musste schlafen, einfach nur schlafen, es war nichts dabei, zu schlafen. Nun war der Schlaf da, der Schlaf kroch in sein Bewusstsein, aber nicht lange, leider nicht lange.

Der Schlaf war etwas Unermessliches, man durfte ihn nicht behalten, er wollte ihn behalten, es war nicht möglich, es war nicht möglich, ihn zu behalten, aber doch nur kurz, rief er, er rief es nicht laut, durfte er nicht, man hätte es hören können, man hätte es wie ein Quietschen wahrnehmen können und die Tussi von drüben hätte sich einen Reim daraus gemacht und hätte einen Scherz geflochten, den Scherz hätte sie bei Facebook weitergeleitet und viele ihrer idiotischen Freunde hätten das lustig gefunden, doch sie hätten es nur so lange lustig gefunden, solange sie sich noch Hoffnungen machten, sie machten sich Hoffnungen aufs Bett, das Ziel für solche Freunde war doch immer das Bett, wenn es nicht das Bett war, hatten sie kein Ziel und fanden es auch nicht lustig, dann fingen sie zu diskutieren an, und auch das konnte einem den Schlaf rauben, doch das ging ihn nichts an, und weil ihn das nichts anging, durfte er nicht zu laut rufen, aber rufen musste er, er musste unbedingt rufen, er wollte den Schlaf damit halten, der Schlaf durfte doch nicht schon wieder gehen.

Er war aufgeschreckt, er war schon im Schlafmodus gewesen, doch dann war er aufgeschreckt, er war aufgeschreckt, weil er sie hörte. Sie sprang nicht, sie hüpfte nicht, sie sang auch nicht das Lied über die friedvolle Natur. Sie spürte einfach ein Verlangen, sie konnte gegen das Verlangen nichts tun. Sie war unschuldig, obwohl sie nicht unschuldig war.

Was sie tun wollte, war für sie nicht grausam, dass sie mit leeren Händen dastehen könnte, das empfand sie als Gemeinheit.

Es war nichts zu machen. Sie würden wahrscheinlich keine Freunde werden. Nun, an der Mücke lag es nicht.

Es gab keinen Ort für diese Freundschaft, und das war seltsam. War der Planet nicht groß genug?

Manchmal wohl nicht. Dabei konnte man es sich doch so einrichten, wie man es brauchte.

Aber Freundschaften zwischen Mücke und Mensch, das war schwierig.

Draußen tropfte nicht einmal der Wasserhahn.

Im Radio brachten sie schon seit Millionen von Jahren keine Tanzmusik mehr.

An einem leeren Kiosk stand die Zeit still.

Die Hungrigen tafelten eine Runde und Tom bekam Besuch.

Sie kam und war schon ganz nah, sie hoffte ja dass, der schlief, nie im Leben wäre sie darauf gekommen, dass ihr Summen den am Schlaf hindern könnte, der hindert sich doch selber dran, dachte sie und zog sich eilig wieder zurück.

*
EI:

Von der Gutenbergstraße bis zur Goethestraße war es nicht weit, aber man musste die Ludwigstraße betreten, und das war das Gefährliche.

Das war am Tag kein Problem, aber wenn man so wie Julie und ich in der Nacht tätig war, war es gefährlich, lebensgefährlich.

An manchen alten Gemäuern saßen ein paar hungrige Kiffer, die mit ihren leeren Blicken die Stadt absuchten nach etwas, das sie rauchen konnten. Sie mussten immerzu rauchen, sonst verpuffte noch alles. Sie betrachteten die Welt in jeder Hinsicht wie ein dunkles, sirupartiges Antibiotikum.

Für sie war die Erde ganz sicher eine Scheibe, und hatten sie genug geraucht, hielten sie sich am Rand der Scheibe fest, aus Angst, die Kontrolle völlig zu verlieren.

Einer von ihnen schrie nach etwas Stoff, Stoff der machte, dass er sich wieder orientierte, orientierte wie schon lange nicht mehr, ein anderer, oder derselbe rief nach der Verwertbarkeit der Erde, einem anderen kroch die Mütze aus dem Gesicht, seine Lippen fingen manchmal von selber an zu reden, in seinen Augen schwammen Tränen, Tränen voller Verlangen, seine Zukunft sah sehr bescheiden aus.

Aber vielleicht würde es trotzdem bald mit ihm aufwärts gehen, denn der Zustand seiner Socken schien von Tag zu Tag besser zu werden.

Einer der Kiffer schrieb etwas auf, einen Vers oder etwas in der Art.
Er trapste hinter mir her und wollte etwas wissen, verdammt noch mal, woher sollte er wissen, dass er bei mir genau an die Richtige geraten war.
Als ich mich umdrehte, weil ich es satt hatte, von ihm ständig verfolgt zu werden, hörte er auf, mich anzublicken, er blickte nur noch auf den Lauf des Maschinengewehrs.
Ich schoss nicht, warum sollte ich schießen, der Anblick der Waffe reichte aus, schien dem freundlichen Mann zu genügen, und er stolzierte zu den anderen zurück.

Ich musste zum Bahnhof, der Weg war steinig, der Weg war mit Flüstern übersät, Flüstern von Einsamen, von Hungrigen.
Staub kroch auf dem Boden umher und versuchte zu fliehen, alle waren auf der Flucht.
Die einen von dort nach hier und die anderen von hier nach dort. Jeder versuchte sich auf seine Art freizuschwimmen.
Als wäre die Wirklichkeit nicht mehr. Als wären überall dort, wo man sich einmal Gedanken gemacht hatte, Floskeln. Floskeln, mit

denen man über die Runden kam, mit denen man hoffte, die Zukunft zu bestimmen.

Die Luft konnte einen schwindlig machen, der Zustand der Stadt trieb einen in den Wahnsinn, um etwas gegen den Wahnsinn zu tun, waren wir da, Julie und ich.

Jede von uns hatte ein Maschinengewehr. Mit dem sprangen wir durch die Nacht. In der Nacht wurde systematisch auf Frauen geschossen, vorzugsweise junge Frauen.

Wir brauchten etwas, um den Sinn darin zu verstehen, für manche gab es wahrscheinlich keinen Sinn, aber wenn einer dahintersteckte, dann war es der, dass die, die auf diese Frauen schossen, nicht akzeptieren wollten, dass Gleichberechtigung nicht damit endete, dass man sich aussuchen konnte, mit wem man vögeln wollte.

Ich ging weiter.

Endlich in der Bahnhofstraße, ich hatte wohl einen Umweg gemacht, neuerdings musste man Umwege machen, denn in der Nacht konnte es an bestimmten Straßen ziemlich abgehen, wenn man da nicht eine besonders gute Idee hatte, war es besser, diese Straßen zu meiden.

Ich ging an den Geschäftsaufgabeschaufenstern vorbei, überall blinzelte ein verlogener Optimismus heraus, der nichts mit der Realität zu tun hatte.

Den Bahnhof erreicht, eilte zu den Gleisen. Die Augen der Bundespolizisten lagen in den Nächten oft in den Wolken, sie durften nicht sehen, was sie sahen. Deshalb bedachten sie mich auch nur mit einem kurzen Blick.

Es fuhren kaum noch Züge, die wenigen die noch fuhren, waren übervoll.
Die Reisenden standen an den Gleisen und starrten in irgendeine Richtung, sie zerlegten ihre Geduld und hielten sich trotzdem unerbittlich wach. Sie begriffen die Streikenden nicht, sie hielten sie für Wilde. Sie dachten nur, wenn ich nicht pünktlich bin, werde ich gefeuert, sie dachten nicht einen Moment daran, dass man wegen so etwas nicht gekündigt werden konnte, sie glaubten nicht an ihre Rechte, sie glaubten der Eiszeit, die hinter und vor uns lag, sie glaubte an die Idee der Schrauben, die immer lockerer wurden.
Sie verspeisten ihre Telefongeräte und hielten später ihre wachsamen Augen drauf, immerzu waren sie mit allen verbunden, die Geschwindigkeit, mit der das passierte, konnte alles begreifen, nur den Stillstand nicht.

Überall standen Streikposten, auch Vollposten gab es, die versuchten, die Masse gegen die Streikposten aufzubringen.
Eine Frau neben mir fragte mich, ob ich an den Weltuntergang glaube.
Ich ging zurück in die Bahnhofshalle.

Eine Frau wurde von einem Hilfsbedürftigen gefragt, ob sie Feuer habe.

Die Frau, die mich nach dem Weltuntergang gefragt hatte, flüsterte mir zu, sie wird eine Ohrfeige bekommen, wenn sie nein sagt, man darf nicht nein sagen, das ist nicht, das, was sie wollen.

Noch ehe dieser Idiot die Frau schlagen konnte, hatte ich ihn am Schlafittchen, er zappelte herum, ich aber führte ihn nach draußen.

Natürlich gab er auch dort noch keine Ruhe.

Was sollte ich tun? Er würde bald bemerken, dass ich nicht so stark war, wie ich tat, ich hatte einfach nur das Überraschungsmoment ausgenutzt.

Übrigens; er verstand mich nicht und ich ihn auch nicht, vielleicht eines Tages, dachte ich und lächelte, es war natürlich Unsinn, zu lächeln, ich tat es aber trotzdem.

Geben Sie ihn her, rief einer, einer von denen, vor denen uns unsere Eltern niemals gewarnt haben.

Ich kenne ihn, lassen Sie nur, ich kümmre mich, sagte er und ich ließ, ich ließ ihn los.

Warum behandeln die Frauen so schäbig, wollte ich wissen, das hätte ich mir sparen sollen, ich ahnte die Antwort schon.

Es ist die Kultur, sie haben eine andere Kultur.

Ich ging zurück in die Bahnhofshalle, setzte mich auf eine der Bänke, wurde von einer Frau gefragt, ob ich eine Zigarette übrig hätte, ich fragte mich, ob die mir eine Ohrfeige geben würde, wenn ich nein sagte, oder sollte ich ihr eine geben, damit ihr klar war, dass man Antworten nicht mit Ohrfeigen honoriert, aber irgendetwas sagte mir, dass das verdammt deppert wäre. Ich tat es nicht, sagte nein und die Frau zog enttäuscht weiter.

Es war keineswegs so, dass ich mich an all das gewöhnte, schon gar nicht an das Schießen auf den Straßen. Es war erbärmlich, was man hier unter Freiheit verstand.

In den Gesichtern der anderen, so kam es mir wenigstens vor, war längst Gewohnheit eingezogen, wahrscheinlich war das mit meinem Gesicht auch so, man musste sich dran gewöhnen, oder wenigstes das Gesicht, denn das sah all dieses Grauen und musste ja trotzdem weitermachen.

Ich verließ den Bahnhof wieder, ein paar Zigarettenverkäufer standen am Rand des Bahnhofsgeländes und rauchten, ich fragte sie, was tut ihr da, sie hatten noch nicht den Mund aufgemacht, da wusste ich schon, dass sie Ausreden suchten, als wollte ich etwas erfahren, ich wollte nichts erfahren, ich wollte nur reden.

Wir tun doch nichts, sagten sie ängstlich.

Ich ging schnell weiter, bevor sie noch ein Geständnis ablegten.

Der Nahverkehr hatte sich mit den Fernstreckenzügen vereinigt und war auf der Strecke geblieben. Ein Niemandsland voller Schienen. Der Schienenverkehr kam zum Erliegen, die Streikenden tranken Kaffee, sie waren müde, aber guter Dinge.

Julie hatte sich gemeldet, noch war es ruhig, nirgendwo Ansammlungen von Frauen, jedenfalls keine, die sie sehen konnte.
Bin gleich da, sagte ich, aber ich war noch nicht da, ich war hungrig, ich wollte einen Kaffee, also ging ich zurück in den Bahnhof, um mich für ein Stück Pizza und einen Becher Koffein anzustellen.

Eine Frau rief durch die Bahnhofshalle einen Namen, ihre Gesten waren verzweifelt.
Sie biss in eine Angst, ob es ihre war, wusste ich nicht, sie fasste sich ins Haar, hob ein Blatt vom Boden auf, das dort nicht lag.
Sie rief nach einem Kind, sie rief, wo ist mein Kind.
Sie drehte sich ein paar Mal um, ich stand neben ihr, fragte sie, was los sei, warum mische ich mich da ein, ich sollte mich nicht überall einmischen, aber nun hatte ich die Frage gestellt, nun wollte ich auch eine Antwort.

Sie sagte, ich weiß es nicht genau, und war verschwunden.

Draußen sah ich zu den Zigarettenhändlern. Mir fielen ihre traurigen Bärte auf, die nichts leichter machten, die höchstens die Schwere antrieben, lange dunkle Bärte, die in der Nacht zitterten, warum sie zitterten wusste ich nicht, ich wusste ja nichts über diese Bärte, ich wusste auch nichts über diese Männer, ich sah nur was ich sah und was ich sah war traurig und was ich sah, hatte vor etwas Angst und was ich sah, würde sicher verschwinden, irgendwann, wenn es nicht mehr gebraucht wurde.

Im Bahnhofsinneren wollte ich nun endlich etwas essen und etwas trinken, ich stellte mich an.
Hinter mir stand eine, die ständig ihr Geld verlor.
Sie fluchte, hob es auf, ließ es wieder fallen, hob es auf.
Ich drehte mich zu ihr um, fragte sie, was haben Sie?

Ich möchte dem verdammten Kapitalismus gegen das Schienbein treten.
Sie fragte, hast du denn keine Wut.
Kann sein, dass ich eine habe.

Sie ging mir auf die Nerven, warum konnte sie ihr Geld nicht einfach in den Händen behalten, immer rutschte es auf den Boden.

Wieder fiel es, sie suchte, es war verschwunden. Recht hatte es, aber ich half ihr doch.

Ich sagte ihr, wo es lag.

Sie nickte.

Bestimmen wir die Richtung oder das Geld?

Das Geld, gab ich zur Antwort.

Sie nickte.

Du hast es verstanden, aber du hast auch verstanden, dass es falsch ist.

Ich flüsterte, es gibt welche, die behaupten, es gibt kein Falsch und kein Richtig.

Sie nickte. Sie nickte noch einmal, dann verlor sie ihr Geld wieder.

Endlich war ich an der Reihe, schnappte mir meine Pizza und meinen Kaffee und machte mich auf den Weg.

Die Leute, die etwas anderes wollten, waren verschwunden, oder sie saßen zuhause, auf dunklen Drahtstühlen, und drehten an der Zeit. Die Wirklichkeit hatten sie längst abgehakt.

Ich fragte mich, wer will das ändern? Die Rechten? Die Rechten sicher nicht, die Rechten sind nur an ihren eigenen Grenzen interessiert, sie wollen nicht begreifen, sie können nicht begreifen, weil sie es nicht wollen.

Sie suchen etwas, das sie in keinem fremden Gedanken finden, sie suchen im Fremden immer nur den Verbrecher, den, den man am besten erst abschieben und dann verhaften und dann erschießen muss.

Politik war nicht meine Sache, aber wenn ich den Müll betrachtete, der gerade das Einzige war, was einem angeboten wurde, bekam ich das Kotzen.

Trotzdem, wir machten weiter, wir mussten weitermachen, wenn Julie und ich nicht weitermachten, würden sie alle Frauen töten, die nicht in ihre Welt passten. Wir fühlten uns nicht wie Heldinnen, davon waren wir weit entfernt, alles was wir taten, musste getan werden und es musste getan werden, weil wir keine Lust hatten, zuzusehen, wie alles vor die Hunde ging.

*

Am Nachmittag stand der Schuldirektor auf dem Friedhof. Er legte Blumen aufs Grab seiner Frau. Er hatte sie nie gefragt, welche Blumen sie gerne mochte, es hatte sich einfach nicht ergeben. Wenn sie miteinander sprachen, sprachen sie über Dinge, die in der nächsten Zukunft lagen, und was hatten Blumen damit zu tun?

Er war ohnehin nicht der Gesprächigste, und seine Frau? Seine Frau konnte reden, sie redete oft und sie redete gerne, fing sie erst einmal an zu reden, war es schwierig, das Gespräch zu beenden, es ging einfach nicht zu Ende, und trotzdem war sie keine Geschwätzige, sie fühlte sich einfach gut beim Reden, das war alles, und sie redete mit allen.
Genauso war es mit der Nähe, seine Frau konnte jeden in den Arm nehmen, egal ob es ein Hund war oder ein Mensch. Sie war liebestrunken, es schauderte ihr vor nichts, nicht einmal vor einer Mücke.
Immer öfter dachte er, sie hat den falschen Mann geheiratet, sie hätte warten sollen, nicht gleich mit dem erstbesten, der gar nicht der erstbeste war.

Der Schuldirektor stand verunsichert vor dem Grabstein. Seine Frau hatte den Takt angegeben, wenn sie vor etwas standen, sei es in der Kunsthalle vor einem Gemälde oder eben vor Grabsteinen. Er wusste nicht, wie lange er vor ihrem Grabstein bleiben sollte. Er hätte sie gerne gefragt, er tat es nicht, er legte die Blumen ans Grab und wollte schon gehen, eigentlich wollte er nicht gehen, eigentlich wollte er mit ihr reden, doch sie hatte es ihm verboten. Dabei hatte er es versprochen. Er versprach seiner Frau, ich gehe jeden Tag zweimal ans Grab und rede mit dir. Sie schaute ihn böse an, sag mal, willst du mich verarschen, stand in diesem Blick, mit einem Wort, sie verbot es ihm, so oft am Grab zu stehen, und schon gar nicht soll es ihm einfallen, mit ihr zu reden.

Komischerweise hatte sie das nicht gesagt, sie konnte schon nicht mehr sprechen. Aber er sah es, er sah es an ihrem Blick, in ihrem Blick stand es, es stand dort geschrieben, es stand geschrieben, hüte dich, hüte dich, vor dem Grab mit mir zu reden.

Er ging noch eine Weile am Friedhof entlang und sah eine Balkanbloggerin, die über die steinigen Stellen des Friedhofes spazierte. Sie kam gerade aus Sarajevo, hatte ein Lied im Kopf, ein Lied, einen Fluss, eine Stadt, ein Land, eine Liebe. Das Land war zerbrechlich, zerbrechlich wie die Liebe, die Flüsse umarmten es, manchmal zu wild.

Es gab dort Steine, die wollten nicht aufgehoben werden, es gab dort Nächte, denen es genauso ging.

Dunkle Fäden, die jeder berührte, der spüren konnte, das war Bosnien, es hatte nichts mit diesem Roman zu tun, aber es musste einmal erwähnt werden.

Die Balkanbloggerin floh nicht, sie floh nicht von den Seiten. Sie setzte sich auf eine der Bänke und wartete ab, sie wartete die Zeit ab, sie schaute sich um, sie sah sich die Gräber an.

Sie wirkte nicht traurig, sie kam sich nur ausgeschlossen vor, man konnte sich nur ausgeschlossenen vorkommen auf dem Friedhof, daran war nichts Schlechtes.

Der Schuldirektor dachte, es ist seltsam, auf dem Friedhof Lebendige zu treffen, man kommt sich mit ihnen immer fremd vor, fremd in einem Gebiet, dass sie nur betreten durften, weil die Toten nichts dagegen hatten.

Später saß der Schuldirektor im Café, er bestellte einen Espresso, ein Italiener erzählte ihm einen Witz, er hörte nicht zu, er hätte es ohnehin nicht verstanden, denn aus irgendeinem Grunde erzählte der Italiener alle Witze auf Serbisch.

Er knabberte an dem beigefügten Keks herum und dachte, das ist also dein Leben. Du schaust in eine Art Wüste und weißt nicht, wie lange du noch etwas damit zu tun hast, du dachtest einmal, das alles könnte zu dir gehören, könnte ein Teil von dir sein, aber was hast du nun davon, du sitzt in einem Café in dem unverständliche Witze erzählt werden, du bist dir sicher, dass du sie selbst dann nicht verstehen würdest, wenn du sie verstehen könntest, du sitzt da und möchtest am liebsten woanders sein, möchtest in der Nähe deiner Frau sein, aber das war nicht möglich, noch war es nicht möglich, man raubte dir diese Möglichkeit, man erlaubte den Lebenden nichts, sie sollten leben, das war es was sie sollten, ansonsten sollten sie stumm sein, sollten so tun, als wären sie aus irgendeinem Grund besser dran, als die anderen, aber er wusste es nicht, er wusste nicht ob er wirklich besser dran war.

Nein, er spürte keine Todessehnsucht, nichts von alldem spürte er, was er spürte, war irgendeine Trockenheit, eine Trockenheit, die mit dem Leben begann und mit dem Leben wieder aufhören würde.

Er stellte sich an eine Bushaltestelle. Er hatte nie den Führerschein gemacht und seine Frau hatte nie gefragt, warum nicht?

Er beobachtete die anderen Busfahrgäste, die meisten hatten Löcher in den Hosen, und das machte ihn sehr traurig, er hätte ihnen gerne etwas Geld gegeben, aber es waren so viele.

Er dachte, ich sitze in meinem Elfenbeinturm und merke nicht, wie schlecht es den Menschen geht.

Wenn er morgen eine Rede halten würde, würde er das erwähnen.

Er würde zum ersten Mal das Zepter schwingen und es hinausbrüllen, aber was er genau hinausbrüllen würde, das wusste er nicht.

Und dann war es Nacht geworden.

Er saß in seinem Korbstuhl auf dem Balkon, trank Cognac und redete sich ein, dass ihm das genügte.

Was war nur los mit ihm, warum war er so ein Angsthase, er hatte sich den Schlüssel einfach abnehmen lassen.

 Er war doch der Direktor.

Zu schlafen erschien ihm unmöglich, besser sich zuzuballern. Er lachte. Er trank, er musste trinken, er wusste nicht immer, warum er trinken musste, er trank dann erst recht, er trank so lange, bis es ihm wieder einfiel.

Das Leben war ein schlechter Witz, philosophierte der Schuldirektor. Manchmal, wenn er so philosophierte, hatte er das Gefühl, dass er sich von außen nach innen entleerte. Er trug dazu eine gewisse Röte im Gesicht, oh, wie er sich schämte.

*

Tom konnte nicht schlafen. Er zählte auf Gott, er rief ihn, er rief nicht laut, aus irgendeinem Grund wusste er, dass man ihn nicht laut rufen durfte. Er zögerte, hielt inne, lachte über sich.

Du musst cooler sein, sagte er. Es kam ihm beinah wie eine Erkenntnis vor. Es war wie damals, als er zum ersten Mal Bier trank. Damals war er angewidert davon. Er war fünf und sein Vater wollte prüfen, ob er das Zeug zu einem Mann hatte. Er träumte danach unwahrscheinliches Zeugs.

Nun betete er zu Gott.

Der wird mich hören.

Er lächelte. So ganz ernst meinte er es nicht.

Tom konnte nicht schlafen. Er hatte es versucht, er versuchte es ständig, er hatte gezählt, so viele Zahlen, woher kamen die alle, sie machten ihn sprachlos, sprachlos war schon mal gut, aber es ging nicht weiter, er schlief nicht, er schlief nicht ein, er musste einschlafen, dazu war die Nacht doch da, er zitterte, er wollte vor dem Zittern fliehen, er berührte sich, das versetzte ihm einen Stich. Er musste schlafen, unbedingt schlafen, er brauchte Geld, und für Geld musste man arbeiten, er hatte doch einen Traum, er wollte nach Amerika, er konnte nicht ohne Geld nach Amerika, also musste er vergessen, dass er ein Held war, natürlich fiel ihm das schwer, aber es musste sein, er wollte schlafen, musste früh raus, er stapelte Kisten, leere Lkws füllte er, volle Lkws leerte er, das war wenig heldenhaft, aber alle richtigen Helden versteckten sich hinter gewöhnlicher Arbeit.

Vielleicht war sie eingeschlafen, so lange schon unterwegs.

Sie sollte ruhig schlafen, schlafen wie er, und wirklich schlief er, kurz, viel zu kurz, er schreckte auf, die Mücke, er hatte sie kommen gehört. Er erwachte, das durfte nicht sein, er raufte sich die Haare, saß auf der Bettkante. Was war nur? Leere zeichnete sich ab in seinen Kopf.

Schließlich stand er auf und ging in die Küche, sah aus dem Fenster, wieder standen einige an der Bushaltestelle, vielleicht sollte er auch, nur kurz irgendwo was trinken, sich beruhigen und dann wieder zurück und schlafen.

Doch kaum war er bereit, da sah er auch schon den Bus kommen, die Flaschen stiegen ein, der Bus fuhr los. Soll er wegfahren, soll er die Idioten aussteigen lassen, sollen sie doch die Kneipentüren öffnen und sich Mut antrinken für den nächsten Tag. Er öffnete das Fenster und rauchte eine. Vielleicht rausspringen, schmunzelte er, einige hatten das hier getan und waren naturgemäß tot.

Geh zurück, sagte er sich, er mochte es, mit sich selbst zu sprechen, aber seit einiger

Zeit hörte er eine Stimme in sich, die er fürchtete.

Ja, du fürchtest mich, du fürchtest mich, weil ich traurig sein will, weil ich nicht glaube, wie du bist. Du siehst, aber du siehst nicht, was du siehst, dein Atem ist grau und alt, wenn du könntest, würdest du allen das Licht auspusten, du kennst es doch, das Werkzeug, schon bald bist du der, den du in den anderen siehst. Noch kannst du dir sagen, bleib ruhig, geh morgen zum Arzt, geh so lange, bis sie dich heilen, glaub mir, dann bist du wieder der, von dem die anderen sagen, er ist da und wir beklagen das nicht einmal.

Er legte sich ins Bett, suchte eine Stellung, die ihn gleich einschlafen ließ. Doch dazu kam es nicht. Er hörte sie.
Sie kam.
Sie kam immer näher.
Erschreckt wachte er auf, nicht nur die Mücke erschreckte ihn, auch diese Stimme, deren Wortlaut er beinah verstanden hätte.
Die Schädeldecke wollte sich öffnen, damit der Schrei herauskommen konnte.
Er schaltete das Licht an, blieb an der Bettkante sitzen, ganz Amerika schlief, aber hier wurde sein Schlaf von einer Mücke gestört.
Er dachte nach, kratzte sich, fühlte sich als Opfer, schreckte auf, schrie, viel zu laut,

schrie, als hätte er etwas grauenvolles erfahren. Opfer?, schrie er, ich bin kein Opfer, ich werde nie ein Opfer sein.

Er beruhigte sich. Hoffentlich hatte es keiner gehört, keiner von denen, die noch nicht abgestumpft waren, die noch aufhorchten, wenn einer schrie.

Was für ein Idiot ich bin, sagte er sich, er sagte es nicht einmal wütend, er sagte es so, als wäre auch, das nur eine Notiz, die zum Leben dazugehörte.

Wenn ich das Licht im Bad einschalte und es hier dunkel lasse, das würde sie doch anziehen, Mücken lieben doch das Licht.

Er löschte das Licht in seinem Zimmer, schaltete im Bad das Licht ein, kroch aus dem Bad raus, blieb an der Bettkante sitzen.

Wartete ab.

Er betete abermals, aber er war nicht sicher, war es wirklich Gott, zu dem er betete, zu wem aber sonst?

Er mochte nicht daran denken, er konnte nicht daran denken, es würde ihn krank machen, daran zu denken.

Er blickte auf den Vorhang und er sah eine Ähnlichkeit. Er hatte keine Erklärung dafür, nicht einmal der Whiskey wusste eine Antwort.

Weil hinter dem Vorhang dein Gesicht sein kann, weil du plötzlich inmitten von Eindrücken spürst, du bist am Leben, und

alles was du tust, hängt davon ab, wie schnell du bist. Dabei erkennst du längst, dass du kein Gesicht mehr hast, dass du dich von denen nicht unterscheidest, denen du doch alles wegnehmen willst, du bist dein eigener Abschied, du bist das, was man vergräbt, wenn man das eigene Leben anderen überlässt.

Ignorieren, sagte er sich, das ist der Wahnsinn, du darfst ihn einfach nicht ernst nehmen.

Ignorieren, rief er, als fordere er sich auf, die Wirklichkeit abzustreiten, nur um Teil einer Fiktion zu bleiben.

Er legte sich ins Bett. Vielleicht noch ein Gebet?

Er wollte sterben, damit er leben konnte, er wollte schlafen, damit er erwachte, er wollte und wollte, er wollte doch nur das eine. Er betete, er betete gegen die Mücke, er sagte Gott, lass sie dort im Bad.

Er lachte, versuchte es wenigstens, er ließ sich nicht kleinkriegen, er war ja Amerikaner, Amerikaner im Herzen, er wusste, was Freiheit war, er wusste aber auch, was Müdigkeit war, und dass er schlafen musste, wusste er auch. Er wusste so viel. Er wusste auch, dass sich der Starke durchsetzte, wer auf der Welt das Sagen haben wollte, musste stark sein.

Er spürte, wie der Schlaf kam, wie er ihn mitnahm, vielleicht auf eine Schiffsreise, eine Schiffsreise, die ihn in sein Land brachte, sein Land, das ihn brauchte. Im Schlaf war er beinahe dort. Der Himmel war amerikanisch, das Meer war amerikanisch, der Mond war amerikanisch, alles was existierte oder nicht existierte, war amerikanisch. Die Mücke nicht.

Sie war da. Sie wollte saugen, sie brauchte Blut, sie brummte, sie summte, sie kam immer näher. Was?, schrie er. Die Augen weit auf. Er sah Gott vor sich. Er hatte ein trostloses Gesicht. Er machte eine unverständliche Bewegung, aber Tom verstand sie, er konnte ihm nicht helfen.

Er dachte, es muss doch möglich sein. Er versuchte es, er erzählte sich eine Geschichte, sie langweilte ihn, er ärgerte sich, nun konnte er nicht schlafen und langweilte sich noch dazu. Er öffnete die Augen. Er öffnete sie und sah, sah, dass der Schlaf verschwunden war, wohin war er verschwunden und was sollten solche Fragen, solche Fragen suchten doch nichts, sie suchten ja nicht einmal eine Antwort. Er schämte sich, weil er so schwach war, er war doch nicht schwach. Da gab es nur irgendeinen Wackelkontakt, und der machte ihn zittrig. Er musste die Augen schließen, ein bisschen wichsen.

Du stirbst, rief Tom der Mücke zu. Lautlos verhallte seine Stimme, lautlos wie der Abgrund.

Die Mücke summte, summte, als wollte sie gähnen, sie gähnte nicht, sie spuckte nicht, warum hätte sie spucken sollen, sie hätte spucken können, sie spuckte nicht, sie spuckte nicht, weil das keinen Sinn machte, sie summte, das war besser, darin kannte sie sich aus, sie hätte spucken können, wenn sie gewollt hätte, aber warum, warum, fragte sie sich immer wieder. Sie zog die Kreise um ihn enger. Sie wollte ihn nicht stören, er sollte schlafen, schlafen, schlafen, sie würde sich schon holen, was sie brauchte, und was sie brauchte, war sein Blut.

Da braut sich was zusammen, das war auch so ein Gedanke, und jeder würde bezweifeln, dass der Gedanke von der Mücke kam, er kam von der Mücke, ob man es nun glaubte oder nicht.

Es war lachhaft, es war lachhaft, zu sagen, das kann sie nicht, wenn man doch keine Mücke persönlich kannte, vielleicht konnte sie es tatsächlich nicht, aber das zu behaupten, obwohl man keine kannte, das war schon dreist..

Der Mücke war es egal, die summte erst tonlos, dann wurde sie mutiger, sie kreiste um ihn, zeichnete seinen Körper nach.

Sie macht sich lustig über mich, sie denkt, sie ist mir überlegen, und gerade ist sie es auch, nicht mehr lange, nicht mehr lange, gleich habe ich dich, noch bin ich nicht in deinen Fängen, ich bin zum Kampf bereit, ich bin ein erbitterter Gegner, es tut mir leid, du hättest dir irgendein Weichei suchen müssen, gibt so viele da draußen, du musst nur bis zur Bushaltestelle fliegen. Aber jetzt kommst du eh nicht mehr raus, du bleibst hier, du wirst dabei sein, wenn ich es schwöre, ich werde töten, entweder dich oder einen von draußen.

Du hast dich verrechnet, schau nur. (Tom zeigte auf sich, er war nackt, er sprang herum, drehte sich in alle Richtungen um)
Siehst du irgendwo einen Biss? Du wirst keinen einzigen sehen. Warum hast du dir nicht längst geholt, was dir zusteht, aber ich weiß schon, du willst mit mir spielen, auch ich werde mit dir spielen, ich werde dir schon zeigen, warum die Menschen höher stehen.
Winzling, du sprichst, als würdest du etwas wissen.
Doch dein sprachloses Gesicht sagt etwas anderes.
Wenn du wirklich Mut hast, leg dich hin und lass die Nacht in Frieden. Schieß dir eine Wunde ins Knie, damit deine Schmerzen sichtbar werden.
Auf den Friedhöfen liegen nicht nur die Toten, dort liegt auch die Stille und atmet

tief ein. Willst du neben ihr liegen, endlich mal neben einer liegen.

Wann warst du zuletzt glücklich, denk nach, hörst du.

Du erinnerst dich nicht.

Aus dir spricht etwas, was es nicht gibt, du hältst es für deine Stärke, aber es ist lächerlich. Gewalt ist lächerlich.

Aber wenn du unbedingt willst, geh nach draußen, lass die Mücke in Ruhe, sie nimmt sich nur das, was ihr zusteht, du aber begegnest dem Wahnsinn, du Idiot, wach auf, fang an zu leben. Aber wie sollst du leben und warum, du Dummkopf, weißt doch gar nicht, was das ist, hast es nie begleitet und wenn doch, hast du dich verlaufen.

Du Spätzünder, stell dir vor, du hättest noch alle Chancen, es stünde dir noch alles offen. Was würdest du tun?

Oh, ich weiß schon, du würdest in die Leere starren, denn da, wo für dich angeblich das volle Leben war, gab es nur diese unerträgliche Bewegungslosigkeit.

Er konnte diese Stimme nicht abstellen, er wollte sie ignorieren, er tat so, als hätte sie nichts mit ihm zu tun, doch er war unfähig dazu, also trank er, er trank einen Schluck, dann trank er noch einen Schluck, und weil er gerade dabei war, trank er noch einen, er hoffte, dadurch nicht mehr dran zu denken, nicht mehr an die Stimme zu denken, sie kam aus seinem Inneren, sie horchte, er wusste es, er wusste nicht, wie er sie abstellen konnte. Ich muss aufpassen, rief er sich zu, ich werde noch von mir selber verraten. Er sah in irgendeine Richtung, von der er vermutete, dass dort die Mücke saß. Hör zu, sagte er, ich gebe dir zehn Minuten Zeit, es klar zu machen, dich hierher zu begeben. Du kannst mich beißen, hörst du, aber ich will wach dabei sein, ich will in deine Fresse schauen, wenn du mein Blut aufsaugst, das ist doch nicht zu viel verlangt, oder?

Tom steckte sich eine Zigarette an. Er war jetzt ruhig, er sah auf die Uhr, er meinte es ernst. Die Mücke konnte kommen, er hatte sie eingeladen, würde sie nicht kommen, würde es dort draußen bald einen weniger geben.

Er rauchte weiter, sah nach unten, sah auf die Straße, der Bus hielt, ein paar Wirrköpfe stiegen aus, die hatten schon genug, die würden sich ins Bett legen und einfach einschlafen, man sah denen an, dass sie besoffen waren, er sollte sie zu sich einladen, ein kleines Blutbad, flüsterte er lächelnd, hat doch noch niemanden geschadet. Aber noch galt der Deal, und der Deal war einer, einer, wenn die Mücke nicht ansprang. Noch hatte sie Zeit. Acht Minuten.

Er rauchte die Zigarette bis zur Hälfte, dann warf er sie aus dem Fenster.

Er war so müde, dass er nicht mehr schlafen konnte.

Er holte die Pistole aus der Schublade, mit der ging er auf Kontrollgang.

Er flüsterte, wenn du nicht freiwillig kommst, muss ich dich eben suchen.

Sag doch was, rief er, sprich in deiner Sprache mit mir, ich werde dich schon verstehen, vielleicht sollten wir einen trinken, und da du das eh nicht begreifst, trinke ich einfach zwei, einen für dich und einen für mich.

Er holte Jim Beam aus einem Regal, schnappte sich zwei Gläser und füllte sie.

Er stieß mit den Gläsern an, versuchte herauszubekommen, ob sie etwas von sich gab, warum war sie denn nicht neugierig, hing sie denn so an ihrem Leben, konnte man denn als Mücke so an sein Leben hängen, was war eine Mücke schon? Sie starben und die meisten bemerkten es nicht einmal.

Vier Minuten noch.

Also, rief er, rief er etwas nervös, das wollte er nicht, cool wollte er sein, er spürte das Verlangen, an die Decke zu schießen, was hielt ihn ab, etwa die Angst, dort oben könnten sie es für einen terroristischen Anschlag halten, und terroristische Anschläge wurden immer gesondert behandelt.

Er ging auf die Suche nach ihr, wo könnte sie sich versteckt halten, hinter der Heizung, das war unmöglich, nie würde er sie dort finden, doch so schlau durfte sie nicht sein.

Komm schon, rief er, hier bin ich doch, ich gebe eine Runde aus, komm, stich zu, es kostet nichts, hör mal, du misstraust mir doch nicht, du glaubst doch nicht, dass ich dich verarsche, ich sage dir, ich werde dich totschlagen, das ist sicher, aber erst, nachdem du mich ausgesaugt hast.

Zwei Minuten noch.

Keinen Muckser tat sie, sie war gewissenlos, egoistisch, er begriff sie, begriff sie gut, er hätte es ihr gerne gesagt, warum sagte er es dann nicht, hatte er denn etwas zu verlieren?

Er versuchte die Decke abzusuchen, er versuchte es mit einem Besen, die ganze Decke kehrte er ab, er wurde nicht fündig.

Er schwitzte, er sah nach draußen, er wurde nachdenklich, wenn auch nur kurz.

Wo bist du, fragte er.

So eine feige Mücke, sie war vielleicht ganz verschwunden, suchte irgendein anderes Blut, ihr war es doch ganz gleich welches, Hauptsache, sie existierte danach weiter.

Er begriff sie ja, er begriff das mit dem Existieren ja, aber irgendwo war eine Obergrenze.

Eine Minute noch.

Fünfzig Sekunden schrie er, fünfzig verdammte Sekunden, um dein blödes Leben zu beenden, was ist denn schon dabei, siehst du nie in den Spiegel, erkennst du gar nicht, was du bist, du bist doch nichts wert, niemand hält etwas auf dich und nun hast du das erste Mal die Chance, jemanden zu retten, verstehst du das nicht, es hängt alles von dir ab.

Dreißig Sekunden.

Siehst du, wie du die Zeit missbrauchst, ich bin mir beinahe sicher, dass du sie nicht akzeptierst, dass du nichts außer dir selbst akzeptierst, was bist du für ein Schweinehund, hast du denn überhaupt keine Gefühle.

Fünfzehn Sekunden.

Dich langweilt der Tod, das ist es, du bist auf der Suche nach etwas anderem, und solange du es nicht findest, solange kümmern dich die Reihen der Toten nicht.

Fünf Sekunden.

Die Sache ist entschieden. Ich zieh mich an, ich geh nach draußen, der Kampf geht weiter, der Kampf ist gerecht.

Der Kampf ist nicht gerecht, der Kampf ist in deinem Kopf, ich versuche ihn wegzuräumen, aber du gibst den Weg nicht frei. Du taugst nichts in dieser Welt und deshalb bist du da. Ich begreife nicht, dass du nicht einfach gehst, irgendwohin gehst, wo einer wie du nicht stören kann.

An was glaubst du, du Verlierer, du vergräbst die besten Anteile von dir und raubst dich aus, du gehst, weil du denkst, du müsstest gehen, wer sagt dir das? Du bist dein eigener Anstaltsleiter, du könntest mir leid tun, wenn nicht ich es wäre, der unter dir leidet. Du bist ein Weichei, das sich für kein Weichei hält, irgendwann krieg ich dich, und wenn ich dich kriege, hast du keinen Spaß mehr.

Es war schon zu spät, jedes Wort hatte er verstanden, jedes Wort klang wie ein Hammerschlag. Es kam von innen und es ging wieder dorthin zurück.

Es weckte in ihm eine Angst, die er immer verleugnete. Ich habe keine Angst, sagte er sich, ich kenne das überhaupt nicht, ich weiß nicht, was Angst ist. Doch er wusste es besser. Er brauchte bloß seine Hände anzusehen, die zitterten, die zitterten doch nicht, weil er so zuversichtlich war.

Er hörte seinen Bauch, der grummelte, er dachte an seine Gedärme, denen ging es nicht gut, doch davon wollte er nichts hören. Er wollte nichts davon hören, dass er schwach sein könnte, er war nicht schwach, er war nicht schwach, er war nicht schwach.

Er konnte es sich überhaupt nicht leisten, schwach zu sein.

Drum musste er die Stimme ignorieren, das war doch einfach, er durfte sie einfach nicht ernst nehmen, er musste einfach so tun, als hätte er nichts mit ihr zu tun.

Nicht hinhören, auf keinen Fall hinhören, dachte er. Mit mir ist die Nacht, dachte er. Er dachte, es rutscht alles zur Seite, weil ich draußen bin. Ich bin stark, dachte er, was will mir diese Stimme, diese Stimme hat mir gar nichts zu sagen, wenn mich diese Stimme weiter nervt, werde ich sie erschießen.

Darüber musste er lachen, er musste ernsthaft lachen, und er lachte auch ernsthaft, es machte keinen Sinn, zu lachen, und trotzdem lachte er, er lachte wohl, weil er es gewohnt war, manchmal zu lachen.

Er dachte nicht mehr an die Stimme, auch an die Mücke dachte er nicht, er dachte höchstens, es ist Zeit, er sagte es und trank noch einen Schluck, er trank einen Schluck und vergaß die Zeit, und trotzdem sagte er sich, es ist Zeit, er dachte es, als wäre die Zeit noch viel betrunkener als er.

Er zog sich die Stiefel an, die Stiefel zog er nur im Einsatz an. Der rechte drückte ein wenig, dagegen trank er einen Flachmann, der Flachmann war voll mit Jim Beam, der half, der half immer und überall, der half selbst bei Reizhusten. Aber es war Unsinn, jetzt an Reizhusten zu denken.

Er sollte an seinen Schwur denken.

War er draußen, markierte er sofort die Stellen, die ihm wichtig waren.

Er steckte die Waffe ein, er sah noch mal in den Spiegel, er erkannte sich, das war er, er lächelte nicht, es war ihm nicht nach Lächeln.
Noch einen kleinen Schluck, wie gut es tat, zu trinken, immer wenn er trank, hatte er ein wenig das Gefühl, er sei in den USA.

Ich darf nicht stolpern, dachte er, ich darf auf keinen Fall stolpern, wenn ich stolpere, verstauche ich meine Fuß und kann morgen nicht zur Arbeit. Das gäbe einen Stress, daran durfte er nicht denken, und weil er daran nicht denken durfte musste er hinaus.

Er war stark, das brauchte er sich nicht sagen, aber er sagte es sich.
Er betrachtete die Stadt, wie man die Hölle betrachten sollte. Er fand es lächerlich, wenn irgendwer tat, als wären alle gleich, was sollte das, wenn das ein Mann sagte, war das doch Verrat und er musste erschossen werden, eine Frau ja ohnehin.
Er sah noch einmal aus dem Fenster. Diese Idioten. Ablenken, du lässt dich ja ablenken. Er durfte nicht denken. Er sah noch einmal aus dem Fenster. Er wollte abwarten, bis die nächsten Spinner mit dem Bus wegfuhren, dann konnte er raus.

Weiter, immer weiter, was soll das, nicht stehen bleiben, weitermachen, weitermachen, er sagte es sich, er sagte sich, es müssen Köpfe rollen, es darf nicht sein, dass die, die nichts sind, die nur dazu da sind, unsere Kinder zu gebären, gleichgestellt werden sollen. Was da geschah, war Faschismus.

Er sah noch einmal aus dem Fenster. Er rief sich zu, geh raus, zeig es ihnen, zeig, dass du da bist, dass du draußen bist.

Er trank noch einen Schluck, dann trank er noch einen, es kam vor, dass sich eine Träne aus seinen Augen verlor, darüber wurde er wütend, er hasste Tränen, er hasste es, zu weinen, es gab auch keinen Grund, zu weinen, es würde ein Fest werden, er wollte das Leben feiern.

Wie gerne hätte er gesungen, irgendeines dieser Lieder, die man in Amerika hoch und runter spielte. Er ließ es bleiben, das hatte nichts damit zu tun, dass er nicht singen konnte, er konnte wahrscheinlich nicht singen, aber andere konnten es auch nicht und verdienten sich eine goldene Nase, aber wahrscheinlich musst du da schon Paris Hilton heißen, dem gehörte ja bald die ganze Hotelkette. Er war für Skandale bekannt, einmal soll er besoffen durch die Straßen Amerikas gefahren sein. Er wurde erwischt und kam ins Gefängnis. So streng war man in Amerika, dass man dort selbst die Reichen festsetzte.

Die Hose zwickte, aber was machte das schon, was machte es schon, dass sie zwickte, soll sie doch zwicken, da merkte er wenigstens dass er noch lebte.

*

Julie saß in einem Café, sie hatte Lust, Karottensaft zu trinken, sie trank aber keinen Karottensaft, und sie trank keinen Karottensaft, weil es im Café weit und breit keinen Karottensaft gab. Sie hatte Lust drauf und bekam ihn nicht, darüber durfte man wütend sein. Aber Julie war nicht wütend, sie bestellte einfach Kaffee, und den bekam sie auch. Wie lächerlich die ganze Welt war, das konnte man leicht dahin sagen, aber wenn man wie sonderbarer magischer Schnee roch, wenn man einen Eindruck machte, den so manche nicht mehr vergaßen, warum sollte man niedersinken, abdanken und verbittert werden. Ja, dachte sich Julie, die Welt war lächerlich, aber es geht trotzdem noch um etwas. Leuchtende Augen, die nicht abprallten. Sie sah einen Mann, den sie ansprechbar fand, sie stand vor ihm und fragte, ist noch frei, und er nickte. Manchmal hätte Julie gerne gewusst, wie alles angefangen hatte, mit der Welt, den Tieren, den Menschen, wann haben sich die Menschen als Menschen wahrgenommen, haben sie sich voreinander gefürchtet? Oh, sie haben sich bestimmt vor einander gefürchtet, wie auch nicht, wenn man vorher nie jemanden gesehen hatte, nur Tiere. Nichts gegen Tiere, aber Tiere lebten schon immer in ihrer eigenen Welt, sie hatten mit den Menschen nie etwas zu tun. Julie merkte, dass sie auswich, dass sie sich selbst auswich, sie hatte vor ihm gestanden und gefragt, ob dort noch frei sei, und nun dachte sie über die Menschheit nach, dennoch war es interessant, sie traute Adam und Eva nicht, sie war gerührt, wenn sie davon las, sie hatten es sich so eingerichtet und dann, das, nur wegen ihrer Neugier sollen sie aus dem Paradies vertrieben worden sein, es gab solche Dinge, sie konnten jeden Tag geschehen, die Menschen waren es aber, die solche Dinge produzierten, doch kein Gott, und schon dachte sie über Gott nach und der Mann, der längst genickt hatte, sah sie an, fragte sich, ich treffe in meinem Leben immer die seltsamsten Menschen, oder ich treffe sie gar nicht.

Endlich saß sie, sagte ihm, dass sie ihn beobachtet hatte.

Sind Sie von der Polizei?

Leider nein, mein Vater wollte, dass ich da hingehe, er dachte, ich hätte das Zeug dazu.

Also sind Sie tatsächlich aus Interesse da, nun, das ist gut, was denken Sie, warum ich so gereizt bin, ich erkläre es Ihnen, ich bin unabhängiger Seelenforscher. Ich sollte in der Stadt einen Vortrag vor 56 jungen Frauen halten. Ich bin nicht hin. Warum seine Zeit vergeuden?

Mögen Sie Frauen nicht?

Nicht, wenn es um so ernste Dinge geht, ich habe die einfach stehen lassen, bestimmt warten die noch immer, aber ich gehe nicht hin, ich will meine Ruhe, vielleicht hänge ich meinen Beruf an den Nagel.

Wo sollte der Vortrag stattfinden?

An der Uni für Geisteswissenschaften natürlich.

Glauben Sie nicht mehr an die Seele?
Ich glaube nicht mehr an Vorträge, natürlich, man bekommt Geld dafür, aber Geld ist halt auch nicht alles.

Er sah sie an, fragte, was interessiert Sie daran? Warum sitzen Sie hier? Sie sollten tanzen gehen.

Es interessiert mich eben, und überhaupt, ich treffe nicht jeden Tag einen Seelenforscher, auch wenn er ein Feigling ist.

Der Mann wirkte nicht aufgebracht. Ganz im Gegenteil. Er lächelte.

Nun, vielleicht haben Sie Recht, vielleicht bin ich ein Feigling, vielleicht sollte ich aufstehen und diesen Vortrag halten.

Ganz sicher sollten Sie das.

Wieso sicher, nichts ist sicher, ich meine, allein, dass ich in diese Stadt gekommen bin, ist nicht sicher, was ist hier los?

Nichts, ein bisschen Krieg, sonst nichts.

Ein bisschen Krieg ist mir immer noch lieber als ein bisschen Frieden.

Was ist mit der Seele?

Ah, sie wollen mich zum Vortrag zwingen, vergessen Sie es, vergessen Sie auch die Seele, sie existiert nicht.

Aber Sie haben mal dran geglaubt?

Geglaubt? Ich habe danach geforscht, bitte seien Sie mir nicht böse, Sie sind eine Frau, nichts weiter.

Warum haben Sie zuerst zugesagt?

Sie stellen komische Fragen, ich habe wegen dem Geld zugesagt, das Geld habe ich ja schon, und ich werde mich einfach krank melden, ich fühle mich leicht unbehaglich.

Aber ich finde es interessant, die Seele und so, was ist das?

Das ist schwer zu erklären, aber wie ich bereits sagte, ich glaube nicht mehr dran.

Das kann ich nicht glauben.

Da verstehe ich Sie, wir alle hegen den Wunsch, uns an etwas festzuhalten, zumal wir nicht immer so jung bleiben, wie Sie es sind, eines Tages wird auch Sie das Alter einholen, aber heute schauen Sie voller Arroganz auf die Alten, die Gebrechlichen, oder die, die gerne noch wollen, aber nicht mehr gebraucht werden. Die Seele, das war einmal ein Ort für mich, eine Landschaft mit tiefen Rissen.

Klingt gut.

Danke. Übrigens, es stimmt alles nicht, ich habe nichts mit der Seele am Hut, ich bin kein Seelenforscher, es war nur das Erste, was mir einfiel, als ich sie sah, ich dachte, ich muss ihr irgendetwas ungewöhnliches erzählen, damit sie etwas länger bleibt. Ich würde auch nicht ernsthaft, so eine unqualifizierte Scheiße über Frauen sabbern. Ich wollte Sie nur auf eine falsche Fährte bringen. Sie glaubten doch für einen Moment, ich hätte etwas vor.

Es ist gleichgültig, was ich dachte.

Sie sind sehr hübsch, ich weiß nicht, ob ich das sagen darf.

Probieren Sie es doch noch mal.

Sie sind sehr hübsch.

Sie dürfen das.

Wie kommt es, dass ich sie erst jetzt in diesem Café sehe?

Ich habe etwas anderes zu tun.
Und was? Die Stadt vor den Bösen beschützen? Sehen Sie mich nicht so an, ich weiß von nichts, nur Ihre Augen sehen danach aus.

Halt die Klappe.

Ich habe nur Spaß gemacht. Ich wusste nicht, dass ich damit so nah dran bin.

Ich arbeite in einem Büro, am anderen Ende der Stadt. Ich sehe nur was abgeht, das macht mich wütend.

Ich begreife das auch nicht.

Was begreifst du nicht.

Diese Schießerei und dass niemand etwas tut.

Was soll man tun?

Sich bewaffnen.

Du machst Scherze.

Mach ich nicht, das Einzige, was hilft, ist Widerstand. Sie haben meine Schwester verwundet, es hat nicht viel gefehlt, und sie wäre tot, nur weil sie vor einer Disco stand.

Sie stand mit mehreren da?

Ja, mit zwölf anderen, keine wurde erschossen, komischerweise fiel kein einziger weiterer Schuss, und das war nicht das einzig Komische, der Täter lag auf der Straße, er war tot, aber so was von.

Du meinst.

Ja, ich meine, ihn hat jemand erschossen, jemand der auf der richtigen Seite steht, ich weiß, er muss vorsichtig sein, aber ich würde ihn gerne treffen.

Wozu?

Weil ich mich ihm anschließen möchte.

Ich kenne niemanden.

Das ist schade, im Ernst, ich habe geglaubt, du wüsstest etwas, und vielleicht weißt du auch etwas und darfst es nicht verraten, wenn es so ist, drück ich meinen Respekt aus, ihr verhindert Tote, viele Tote.

Sonst geht's noch.

Was?

Was denkst du, wer ich bin?

Ich weiß es nicht.

Ich bin gegen das Schießen und ich bin eine Frau.

Frauen können schießen, genauso wie Männer, und wenn sie einen Grund haben, vielleicht sogar besser.

Ich muss gehen.

Hoffentlich habe ich dich nicht beleidigt.

Nein, hast du nicht, du verwechselst mich nur mit etwas, was ich nicht bin.

Können wir uns wiedersehen?

Ich weiß es nicht.

Wenn du magst, komm morgen wieder hier vorbei.

Wenn ich mag, tue ich das.

Sie zog ihre Baskenmütze wieder auf und ging los, natürlich war es so, dass sie sich Gedanken machte, sie machte sich Gedanken und diese Gedanken drehten sich um diesen Mann.

Man kann es nicht wissen, das wird nicht nur El sagen, das empfinde auch ich so, man weiß nicht, ob er es nur so erzählt, oder ob er wirklich mit uns kämpfen will. Wir bräuchten ja schon noch jemanden, aber er müsste ein Maschinengewehr haben, wäre das ein Problem? Das wäre sicher kein Problem.

Aber sie wusste nicht, sie hatte Bedenken und Bedenken waren nicht gut, die konnten sie sich nicht leisten.

Marie war nackt, sie war nackt, wie ein Mensch nur nackt sein konnte, ein Mensch, der eben noch angezogen war, war um vieles nackter, als der Nackte, der die ganze Zeit schon nackt war. Die Zeit wäre auch verstrichen, wenn sie nicht nackt gewesen wäre, doch was ging sie die Zeit an, sie war nackt, das war wichtig, alles andere fiel nicht mehr ins Gewicht, konnte ihr den Buckel runterrutschen, konnte sie gerne haben, konnte sie im Abendrot besuchen.

Sie war nackt, darauf kam es an, nicht auf das Pfeifen und nicht auf die Spinner, die draußen aufeinander schossen.

Auf sie kam es an, auf sie und die Badewanne.

Wie ihre Augen leuchteten, wie gerne sie in einen Spiegel gesehen hätte, was hätte sie denn gesehen, wenn sie in den Spiegel gesehen hätte, sie hätte sich gesehen, sie hätte gesehen, dass sie nackt war, sie hätte es dem Spiegel erklärt, alles hätte sie dem Spiegel erklärt und alles hätte der Spiegel verstanden.

Ich bin nackt, hätte sie gesagt, nackt wie die Nacht, in der die Brotlosen vor einer offenen Bäckerei stehen.

Sie wusste, dass es nichts zu denken gab, jedenfalls für den einen Moment. Dass sie darüber beinahe weinen musste, fand sie komisch, und sie hätte wahrscheinlich gelacht, wenn sie sich nicht davor gefürchtet hätte.

Warum sie sich vorm Weinen fürchtete, fiel ihr nicht ein, es war ja auch gar kein Fürchten, es kam ihr nur so in den Sinn, so wie es einer in den Sinn kommen könnte, die dunkelsten Briefe zu zählen.

Marie war glücklich. Hätte sie eine Zitrone in der Hand gehabt, man wäre irritiert gewesen, man hätte sich gefragt, ist sie denn überhaupt noch nackt, aber natürlich war sie nackt, was sollte man darüber diskutieren. Das stand ja auch gar nicht zur Diskussion, sie war nackt und wartete nur noch darauf, dass die Wanne sich füllte, die Tür hatte sie nicht zugeschlossen, wenn er reinkam, kam er rein, ihr machte das nichts.

Sie begann trotzdem zu lauschen, sie wollte eine Verbindung herstellen zwischen dem was draußen geschah und hier, hier geschah nichts, hier war nur sie und die Stille, die sie alles vergessen ließ. Sie wollte sich erinnern, obwohl Erinnerung immer nur erfunden wurde, ständig wurden Erinnerungen erfunden. Einer fing an, ein anderer schnappte es auf. Die Erinnerung war das Unendliche, war das unendliche Erzählen einer Sache, die klang, als hätte man sie gerade in diesem Moment erfunden.

Der alte Horst war verwirrt, er hätte gerne Pflaumenschnaps getrunken, er hätte gerne irgendetwas getrunken, doch er fand nichts.

Er hatte keine Erfahrungen, was machte er in solchen Situationen, war das überhaupt eine Situation, er zitterte innerlich, dann äußerlich, und dann hörte das Zittern überhaupt nicht mehr auf, er fragte sich, ob er sie vielleicht töten müsse, ob er sie schon deshalb töten müsse, um diese Situation zu verstehen.

Im Bad war eine Nackte. Er hätte sich diesen Satz gerne genommen und wäre davon.

Vielleicht bekam er irgendwo Kredit, konnte irgendwo etwas mehr trinken, als er vertrug, und wenn er zurückkäme, wäre sie immer noch nackt, aber er wäre voll und wüsste, was zu tun wäre.

Aber er blieb, er wusste niemanden der ihm Kredit geben würde. Vielleicht sie fragen, aber wozu sie, es war doch schon ein Geschenk, dass sie mitgekommen war, was sollte er da fragen, er hätte ja nur alles in Frage gestellt und sie wäre gegangen, sie wäre auf diese ganz natürlich Art und Weise gegangen.

Besser ruhig bleiben. Ruhig und es nicht vermasseln.

Im Übrigen war er nachlässig mit dem Zählen seiner Finger. Er vergaß einen, ohne dass ihn das niederdrückte, ganz im Gegenteil, er fühlte sich berührt, er fühlte sich von ihrer Nacktheit berührt, was kümmerte ihn da ein Finger.

Schon fing er an, sich auszumalen, was geschehen und was nicht geschehen konnte. Alles konnte geschehen und alles konnte nicht geschehen.

Es war das alte Lied aus der Ferne.

Bestimmt lag sie nun in der Wanne. Bestimmt lagen ihre Klamotten zerstreut auf dem Boden. Er sollte die Geräusche erahnen, die das Wasser machte, er sollte Teil dieser Geräusche sein.

Wo wollte er hin mit diesem Gedanken?

Wollte er sich mit dem Gedanken verlaufen?

Er fühlte sich wohl, so wie es war, und trotzdem hätte er gerne daran gedreht.

Sie legte die Worte weit von sich, nur nicht denken, das Denken kam ohnedies, aber sie wollte damit nichts zu tun haben.

Es war einfach, ganz einfach. Die Worte spielten mit ihren Sinnen, sie belegten den ganzen Körper, und das machte sie sprachlos. Sie empfand so viel, ohne dass sie darüber nachdenken musste. Sie hatte große Lust, in die Hände zu klatschen, aber sie wollte diese Ruhe nicht stören.

Manchmal drang ein Schrei von der Straße aus in ihr Ohr, manchmal zogen Krankenwagen mit Blaulicht durch die Straßen.

Sie hatte damit nichts zu tun, sie war gänzlich unschuldig, denn sie war nackt und lag in dieser Wanne, die sich immer mehr mit ihren Augen füllte.

Was mochte der Alte denken?
War er in der Nähe?
Sah er sie?
Es hätte ihr beinah gefallen, hätte er sie gesehen.
Sie kam sich wie eine Königin vor.
Sie würde ihn abspeisen, mit leeren Blicken.
Er würde in diesen Blicken alles erkennen.
Sie kannte sich damit aus.

Diese Ruhe war beinahe wie im Traum, und wie im Traum schien sie sich zu besinnen,

schien wieder bei sich zu sein, die Quelle, die aus ihr selber kam, floss wieder in sie hinein.
Endlich.
Zur Ruhe kommen. Wer hätte das gedacht, ausgerechnet bei diesem Alten.
Sie schloss die Augen und sah die Magie der Nacht, einen dunklen Vogel, der die Helligkeit aufsaugte, vergessene Sätze, ausgesprochen klangen sie beinahe schrecklich.
Sie vertiefte sich in den Traum, nicht in den Schlaf. Sie war nicht müde, höchstens lebensmüde.
Sie erklärte sich nichts, sie lag einfach da, sie vergewisserte sich, dass es wirklich so war.
Sie war.
Sie blieb.
Sie wollte so schnell nicht gehen.

Sie hatte den Gedanken, dass die ganze Welt still stand, sobald eine Frau badete.
Nur ruhig.
Nur bleiben.
Noch atmen, so lange es reicht.
Nur Vergessen, was war, was sein könnte, die Schritte hierher hatten sich gelohnt und doch, viel Groll auf diesen Jörg, dieser Jörg war ein ganz gewöhnlicher Jörg.
Wo sollte sie hin, danach?
Sie suchte keine Antwort.
Es gab eine. Sie suchte nicht weiter.

*

Kurz nach dem Tod seiner Frau hatte der Schuldirektor beschlossen, ein Tagebuch zu führen, er glaubte, ein Tagebuch könnte ihm helfen.

Er wollte reinschreiben, wohin er ging, was er tat, wie viel Zeit er geopfert hatte.

Detailgenau wollte er aufschreiben, was er bezahlt hatte, wo er gesessen und ob es ihn gereut hatte.

Oder wenn er aufs Holoforneskonzert ging, wie es ihm gefallen hat, dass er die Augen nicht loslassen kann von der Judith, die doch verheiratet ist, aber nicht mit dem Holofernes, der würde ja sonst den Kopf verlieren, was er längst getan, ohne dass er es gemerkt.

Die Lieder würde er mitsingen, das waren halt noch Lieder, nicht so wie früher, als die Generäle bestimmten, was gesungen werden durfte.

Er schrieb kein Wort hinein.

Er zeichnete Bäume, Bäume, die nur in seinem inneren Auge aussahen wie Bäume.

Früher war er gerne spazieren gegangen, da hatte auch noch alles anders gerochen, nicht besser, nicht schlechter, einfach nur anders.

Damals trug er noch Hüte, die kaufte er sich bei einem Hutmacher in Österreich.

Dieser Hutmacher tat ihm leid, hin und wieder schrieb der ihm, in einem Brief ärgerte er sich über Thomas Bernhard.

Er schrieb, Thomas Bernhard war hier, er kaufte einen Hut und dann wollte er wissen, wie es so geht, als Hutmacher, ich erklärte ihm, dass ich unglücklich sei, Bernhard lachte und meinte, wie wir alle, ich ärgerte mich darüber und fragte ihn, warum er denn lache, er sagte, wenn ich lache, weiß ich wenigstens noch, dass ich existiere, und ich fragte, ist das denn so wichtig, und er nickte und sagte, da haben Sie Recht.

Tatsächlich war mein Sohn dabei, die Firma zu übernehmen, und gerade zwei Monate sind es noch, da bekommt seine Frau ein Kind, und er sagt, ich solle vom ersten in den zweiten Stock ziehen, und ich sage ihm, du bist wohl nicht mehr ganz gescheit, aber er wollte davon nichts wissen und ich gab klein bei, was soll man sich streiten mit den Jungen.

Er schrieb nicht zurück, er kannte die Geschichte, er hatte sie in Thomas Bernhards Geschichte "Der Hutmacher" gelesen. Es blieb nicht beim ersten Stock. Mit jedem Kind musste der Hutmacher höher ziehen, und am Ende blieb ihm nur noch der Flug nach unten.

Warum musste alles so traurig enden, fragte er sich, man bekam ja eine regelrechte Angst, weiterzumachen, und weitermachen wollte er doch, es sollte ja nicht traurig enden, aber komischerweise wusste er, dass es traurig enden würde, er wusste nur nicht, wann.

Sein Bruder nervte in den letzten Tagen, der lebte in Göttingen. Er hatte eine Familie, eine Frau, zwei Kinder, aber nun war die Frau mit den Kindern fort.

Wenn er von ihr redete, redete er von ihr wie von einer Kriminellen. Er schrie, sie ist eine Schlampe, sie lehnt Frikadellen ab, sie will keinem Tier etwas zu leide tun, sie belegt die Brote für die Kinder nicht mit Wurst, sie sitzt oft stundenlang da und tut nichts, wie kann man nichts tun, in einer Welt, in der alle etwas tun.

Er hasste seinen Bruder, der sprach in einem Ton, den es nicht geben sollte. Er behandelte seine Frau, wie einen Gegenstand. Seine Kinder prügelte er mit Worten.

Manchmal, wenn sein Bruder anrief, legte er den Telefonhörer zur Seite. Der unterdrückte seine Frau, er tat ihr gegenüber, als sei sie kein eigenständiger Mensch, und wie eigenständig sie war, bewies sie nun, sie war weg. Respekt.

Sein Bruder war traurig, das war ihm gleichgültig, der war ein Windhund, der die Menschen, die er angeblich liebte, unterdrückte.

Er war sein Bruder, na und, dafür konnte keiner was. Nein, er wollte nichts mehr mit ihm zu tun haben, nur war er zu feige, es ihm zu sagen. Er musste es ihm erklären, auch wenn der Bruder es nicht verstehen würde, es war nicht wichtig, ob er es verstand, er wollte nichts mehr mit dem Bruder zu tun haben, genau das musste er ihm sagen, genau das konnte er ihm nicht sagen, er konnte es ihm nicht sagen, weil er nicht wusste, wie. Er hatte nie gelernt, Klartext zu reden. Er wollte es aussitzen, nicht ans Telefon gehen. Doch das war gefährlich, wenn er lange nicht ans Telefon ging, stand der Bruder vor der Tür, und nüchtern war er dann nie, und das wurde unangenehm, denn auch er wäre sicher nicht nüchtern, und das wäre nicht gut, deshalb musste er hin und wieder ans Telefon gehen, er musste reden, oder wenigstens so tun, als würde er zuhören.

Er suchte seine Brille, um das Horoskop zu lesen. Er hatte das Horoskop bereits vor sich, aber wo war die Brille? Er stöhnte ein wenig zu laut, als er aufstand, er ärgerte sich, er ärgerte sich nun jedes Mal, wenn er aufstand, er wollte nicht mehr aufstehen, doch er musste aufstehen, denn er wollte das Horoskop nun unbedingt lesen, plötzlich bekam dieses Horoskop eine Wichtigkeit, die es sonst nicht hatte, sonst belächelte er das Horoskop stets und machte sich lustig darüber, aber nun, da er die Lesebrille nicht finden konnte und deshalb aufstehen musste, und auch als er aufstand ihm nicht einfiel, wo er sie zuletzt liegen gelassen hatte, wurde das Horoskop beinah zu einer lebenswichtigen Sache. Er dachte, ich muss es unbedingt lesen, es entscheidet wahrscheinlich alles. Er suchte im Wohnzimmer, ja, er schaute sogar unter der Couch nach, aber die Brille war nicht zu finden.

Er fragte sich, was ist das in den Gelenken, warum schmerzt das nicht, das müsste doch schmerzen.
Moment, Moment, rief er sich zu, gleich wirst du dich beruhigen, gleich hast du die Lesebrille gefunden, denk einfach nicht dran, denk einfach nicht dran, dass du die Lesebrille suchst, du suchst sie wahrscheinlich nicht, du suchst irgendein aufregendes Geräusch, irgendein unbekanntes Geräusch, das auf dich wartet.

Er kam sich wie ein Zirkustier vor, eines das dachte, es gehört dazu und solange es das dachte, spitzte es die Ohren, es spitzte die Ohren, weil es ahnte, da war etwas falsch, es wollte nichts ahnen, es wollte friedlich weiteratmen, es wollte nicht unbedingt ein Zirkustier sein, es wollte sicher kein Zirkustier sein, aber wenn es ein Zirkustier war, wollte es das Beste daraus machen, es konnte aber nicht das Beste daraus machen, denn es ahnte was, es wusste nicht was, verdammt noch mal, es wusste nichts, es wollte auch nichts wissen, warum sollte es etwas wissen wollen, wo es genauso gut nichts wissen konnte. Es hatte ohnedies kein gutes Leben, so gefangen, so dressiert, es spürte, etwas stimmte nicht, es wusste, was es war, es spürte, die eigene Scham, so wie er, er spürte es, er spürte diese Scham kommen. Er spürte sie, er wusste, er durfte sie nicht zu nah an sich herankommen lassen. Deshalb nahm er den Cognacschwenker und ließ Cognac hinein, nach dem ersten Schluck, verspürte er die Lust, wieder zu singen, er hatte die Scham eingetauscht gegen die Singlust, beides war schrecklich, und beides auf seine Weise.

*

Horst zitterte, seine Augen wussten nicht, ob sie etwas sagen sollten. Marie stand im Bademantel vor ihm. In ihrem Blick lag eine Klarheit, eine Klarheit, die man nur sehen konnte, wenn man sie sah, er sah sie leider nicht, das war ihm klar, es war ihm klar, dass er diese Klarheit nie sehen würde, schon gar nicht in seinem Zustand. Er war viel zu nüchtern für diese Klarheit, diese Klarheit jagte ihm Angst ein.

Was für eine Idee, hier zu stehen, dachte sie. In ihrem Inneren ging es zu, ging es eigentlich sehr ruhig zu, sie tadelte sich nicht, es war ihr alles gleichgültig, aber gerade das brachte sie auf, es brachte sie auf, dass ihr all das so gleichgültig war, aber nur so konnte sie überhaupt hier stehen, in jenem Bademantel, den er einst seiner Leyla geschenkt hatte.

Er schwieg, das war gut, er erinnerte sich, dass er schon so oft nicht geschwiegen hatte, nun schwieg er, aber er wurde immer unsicherer, er wusste nicht, ob es irgendeine Stelle gab, an der er etwas sagen sollte. Er kam sich vor wie ein trockener Alkoholiker, der von einer müden Sitzung nach Hause gekommen war.

Es kam ihr in den Sinn, ihre Sachen zu packen und zu gehen, dieser Blick von Horst war nicht zu begreifen, er hatte etwas dermaßen

Verstörtes an sich, nicht auszudenken, wenn sie sich darauf einließ.

Entspann dich, Marie, sagte sie sich, es hat keinen Sinn, sich etwas vorzumachen, der hier ist keine große Leuchte, bestimmt hat sich seine Mutter große Sorgen um ihn gemacht, und wenn sie könnte, würde sie das immer noch tun.

Sie zitterte beinahe bei dem Gedanken, loszulegen, abzulegen, gar nicht flatterhaft zu sein, nichts abzuwägen, einfach da zu sein, ein Riss mitten durch ihre unendliche Leidenschaft. Doch wie wenig er tat, er tat nichts, er tat nichts und wie, wie sollte sie so herausfinden, wie herausfinden, was in ihm vorging, es musste doch etwas in ihm vorgehen, sonst machte es keinen Sinn. Sie fand es merkwürdig, wie er dastand, als wäre er angebunden und könnte auch sonst, bis auf Weiteres, auf jede Bewegung verzichten.

Seite an Seite mit ihr liegen, zwei Flaschen Bier in jeder seiner Hände und der verzweifelte Versuch, glücklich zu sein.

Alles an diesem Bild kam ihn schlecht vor, von irgendjemandem erfunden, der sich über ihn lustig machen wollte.

Er dachte, im nächsten Moment wird sie mich auslachen, wie soll sie auch nicht, wir passen doch überhaupt nicht zusammen. Er blickte sie an, versuchte sich irgendetwas vorzumachen, irgendetwas Magisches habe ich doch an mir, dachte er, und sein Gesicht wurde ganz hell, wie die Oberfläche einer Oblate.

Sie setzte sich, er beobachtete sie, sie fasste sich ins Haar, er wusste nicht, ob er stehen bleiben sollte.
Oh, diese verdammte Sinnlosigkeit seiner Bewegungen, er hatte sie schon immer gehasst, er hatte sie selbst dann gehasst, wenn er stehen geblieben war und er war oft stehen geblieben, so, wie in diesem Moment, er musste etwas tun, aber was?

Ob er krank ist?, fragte sie sich. Sie wunderte sich, dass sie sich Sorgen machte, fühlte sie etwa Mitleid mit ihm?

Er wollte etwas trinken, sollte sich Geld von ihr ausleihen, aber wie sollte er sich Geld von ihr ausleihen, sie saß im Bademantel in der Küche und starrte ihn an, starrte ihn völlig bewegungslos an. Ihr Blick machte Eindruck auf ihn, aber das war auch nicht schwer, alles hätte Eindruck auf ihn gemacht, selbst wenn sie aufgestanden wäre und ihm einen ihrer zahlreichen Finger in den Mund gesteckt hätte.
Er brauchte was zu trinken. Er musste mutiger werden. Er musste etwas trinken, aber woher, woher sollte er etwas bekommen, er hatte doch nirgendwo mehr Kredit, er hatte doch sämtlichen Kredit verspielt.

Marie langweilte sich, sie war in irgendetwas hineingeraten, und nun, wo sie doch immerhin bereit war, sich gehen zu lassen, schien alles wie in einer stillgelegten Fabrik. Sie tapste durch leere Räume und versuchte nach Stellen zu greifen, die gar nicht existierten.

Hast du Feuer, fragte sie plötzlich. Endlich wurde diese Sprachlosigkeit unterbrochen, diese sprachlose Sprachlosigkeit, die von einem Mund zum anderen huschte, ohne etwas zu sagen.

Er deutete mit den Fingern auf den Rauchmelder.

Hast du Schiss, fragte sie. Ihre Augen lächelten, bestimmt sah sie wieder wie eine Heilige aus, sie trotzte diesem Lächeln, aber sie konnte nichts dagegen tun.

Sie steckte sich eine Zigarette in den Mund, wartete darauf, dass er ihr Feuer gab, aber er hatte kein Feuer. Das machte er ihr deutlich, ohne etwas zu sagen.

Ich könnte Feuer besorgen, ich wollte sowieso raus, um was zu trinken zu holen, sagte er, er sagte es innerlich, seine Stimme klang dort nicht so brüchig, man konnte seine Stimme dort nicht so einfach ausquetschen.

Meine Güte, wie armselig, dachte Marie. Sie hatte Lust, den Bademantel zu öffnen, aber selbst das hätte sicher keine Konsequenzen gehabt.

Was war nur los mit dem, sollte sie ihm den Bauchnabel pinseln, und warum dachte sie überhaupt über so etwas nach, warum nahm sie nicht ihr kleines Köfferchen, das sie gar nicht besaß, und ging davon. Sie würde ihm noch sagen, na ja, das Ganze war ja auch ganz anders geplant, und verschwunden wäre sie, wohin sie dann auch immer ginge, es wäre ganz sicher besser als hier.

Vielleicht würde sie zu Jörg gehen, ihn bitten, nicht zu glauben, dass sie böse auf ihn war.

Dabei war sie doch böse auf ihn, jetzt, wo sie wieder an ihn dachte, fiel es ihr ein, ich bin ja böse auf den, der hat mich doch vollständig verarscht, aber warum, warum nur, sie kam einfach nicht dahinter.

Hatte sie sich irgendwie falsch verhalten, war genau das ihr Fehler, hätte sie sich nicht verhalten sollen? Aber man musste sich doch verhalten, sie hatte doch Gefühle, und diese Gefühle leiteten sie, sie hatten sie schon oft in die falsche Richtung geleitet, aber sie leiteten sie.

*

El:

Er kam aus der Ferne. Ich sah ihn schon von Weitem. Zuerst ein sehr merkwürdiger Gedanke, war es der Messias? Aber wenn er es war, warum lächelte er nicht, was ich am Messias schätzen würde, wäre sein Lächeln, er müsste nicht dauernd lächeln, aber hin und wieder.

Natürlich war es der Messias nicht, das sah man sofort, ich hätte es halt gerne gehabt, wäre er es gewesen. Doch an was hätte ich ihn erkannt, und wäre seine Art zu leuchten unter dem Gebelle der nicht schlafenden Hunde geweckt worden?
Was für Gedanken, ich legte sie zur Seite und machte einen Psalm draus.
Dieser Mann war der Messias nicht.
Er trug einen Rucksack, musste nicht verdächtig sein, nicht alle Rucksackträger waren Mörder, das wäre zu einfach gewesen, zumal ich selbst einen Rucksack trug, aber war ich denn keine Mörderin?
Nein, ich hatte keine Lust darüber nachzudenken und dachte trotzdem nach, ich schaffte es einfach nicht, einen Gedanken so verschwinden zu lassen, dass man ihn tatsächlich nicht mehr sah.

Das, was Julie und ich machten, war kein Mord, es war der Schutz, den die jungen Frauen sonst nicht bekämen.

Die Grundfrage war nur, konnten wir immer ganz sicher sein, dass einer tatsächlich in eine Gruppe von jungen Frauen schießen wollte?

Wir mussten sehr sehr sicher sein, und bislang waren wir immer sehr sehr sicher gewesen,und darauf kam es an und auf nichts anderes.

Ich beobachtete diesen Mann weiter, er war jetzt ganz nah, keine Ahnung, wie nah, vielleicht dreihundert Meter. Er zuckte, er hatte Schwierigkeiten mit seinen Backenzähnen, er sah aus, als würde er stottern, wenn auch nicht gerne. So, wie er dastand, könnte man meinen, er läge, aber er lag nicht, noch nicht. Er rutschte auch nicht zur Seite, warum hätte er zur Seite rutschen sollen, dafür gab es keinen Grund.

Er stand ganz allein an diesem Platz, in der Nähe war das Arbeitsamt, an demselben Platz war früher die Brauerei gewesen, die Brauerei war anderswohin verschwunden, nun war die Brauerei ganz verschwunden, kam nun das Arbeitsamt dorthin?

Egal, ich beobachtete diesen Mann, er kam mir traurig vor, als hätte er über etwas gelacht und nun erst gemerkt, dass man darüber nicht lachen durfte.

Er kam näher, und nun kam er mir bekannt vor, er sah aus wie der Beisler, der Beisler wollte zu gerne, dass ich mit ihm auf dem Boot fahre.

Wir machen uns ein paar schöne Tage, tropfte es aus ihm heraus.

Der Beisler war mein Nachbar, er war Familienpapa, ich schätze, er ist es immer noch, ich fragte ihn nicht: und was macht deine Frau in der Zwischenzeit, ich lehnte ab, der Beisler glaubte, er wäre interessant, er war aber nicht interessant, aber je länger ich diesen Mann ansah, merkte ich, es war nicht der Beisler.

Der Beisler rauchte nämlich nicht, der Beisler trank japanischen Tee, das war nicht der Beisler, ich wunderte mich nur, dass ich so viel von dem Beisler wusste, ich hätte gerne viel weniger von ihm gewusst und dafür mehr von dem, der dort auf der Straße stand und so tat, als könnte er keiner Fliege was zu leide tun.

Der Beisler tat auch so, er war nett und wollte zutraulich sein, er glaubte sicher, er wäre charmant, er schenkte mir Schokolade, zwar die billige, aber immerhin eine Geste, eine Geste nach der ich gar nicht verlangte, jedenfalls bettelte er darum, dass man ihn wahrnahm.

Als er mich fragte, ob ich ein paar Tage mit ihm auf seinem Segelboot verbringen könnte, draußen auf dem Meer, nur du und ich, und sah mich an, als hätte ich bloß noch ein Fetzen

Stoff an und warte darauf, dass er mir auch den noch auszieht, konnte man in dem Blick vom Beisler nichts anderes als Gier und Lust, sehen.

Aber nun sollte ich ihn endlich vergessen, vergessen sollte ich den Beisler, sonst mache ich mich noch verdächtig, sonst glaube ich am Ende noch, der hätte Spuren hinterlassen, der hat keine Spuren hinterlassen, ich dachte ja nur an ihn, weil der dort auf der Straße für einen kurzen Moment aussah wie der Beisler.

Der rauchte still vor sich hin, der Rauch löste sich auf, indem er einfach davonzog. Was blieb, war ein Mann mit der Miene eines Amtsleiters, der auf die vergesslichen Tage schaute, die hinter dem Horizont verschwanden.

Wird sich sein Zustand verändern, wird er frieren, wird er etwas sagen, etwas rufen, wird er aus der Hosentasche einen Zettel ziehen, was könnte auf dem Zettel stehen und was interessiert mich daran, irgendetwas musste es doch geben an diesem menschlichen Gezwiebelten, was mich interessierte.

Sein Blick blieb undurchsichtig, bis zuletzt.

Er blieb einige Zeit stehen, er drehte sich nach allen Seiten um.

Einen nervösen Eindruck machte er aber nicht auf mich. Er steckte sich jedoch noch eine an, er zitterte auch ein wenig.

Er verzog keine Miene, starrte ins Nichts.

Er fasste sich ins Haar, dagegen war nichts zu sagen, die Augen sahen in irgendeine dunkle Richtung.

Von Weitem hörte man Züge näherkommen. Offenbar war der Streik zu Ende, denn man hörte, wie Jubel ausbrach.

Immer brach Jubel aus, wenn ein Streik aufhörte, nie, wenn er begann.

Vielleicht wartete der Mann darauf, dass er jemandem einen Witz erzählen konnte, vielleicht war alles noch harmloser und er wartete einfach auf den Tod.

Ich erstarrte, ich war sicher, richtig zu liegen. Dieser Mann wollte sich das Leben nehmen.

Sein Blick war gänzlich hüllenlos. Er rauchte noch eine, vielleicht wollte er das Päckchen zu Ende rauchen und dann Schluss machen.

Ich wollte schon umdrehen, hinter irgendeinem anderen Versteck lauern, da sah ich etwas, das mich daran erinnern sollte, wie schwer man sich irren konnte.

Es war nicht der Rauch der Zigarette, die die Richtung änderte, es war etwas an seinem Blick.

Er zog kurz an der Zigarette, ließ sie fallen, sah von Weitem einen Kleinbus kommen.

Auf dem Kleinbus erkannte man das Wappen eines Tischtennisvereins.

In dem Kleinbus saßen junge Tischtennisspielerinnen.

Ganz freudetrunken kamen sie an, vom Bus aus hörte man Gesänge, es wurde Bier getrunken, das Leben und der Moment wurden gefeiert.

Da stand dieser Mann plötzlich vor dem Bus, er stand nur kurz da, er hatte keine Chance, abzudrücken.

Die Chance nahm ich ihm.

Er lag auf dem Boden. Ich hörte die Schreie der Frauen noch.

Ich machte mich aus dem Staub.

*

Sie hätte leicht ein Taxi rufen können. Sie rief kein Taxi. Sie wollte noch nicht weg. Sie wollte auch nicht unbedingt bleiben.

Sie starrte in irgendeine Richtung, sie starrte so lange, bis ihr das Starren sinnlos vorkam. Draußen war die Hölle los. Draußen war die Hölle.

Und hier?

Hier verging immerhin Zeit, hier zerbrach immerhin kein Leben, und wenn doch?

Wenn doch?

Sie sammelte sich, starrte nun an die Decke.

Sie hatte Hände, die Hände einer Heiligen, mit diesen Händen konnte sie jeden berühren, sie konnte schweigen mit diesen Händen, sehen mit diesen Händen, sie konnte alles tun mit diesen Händen, sie konnte Leben retten und über das Leben reden mit diesen Händen.

Sie konnte die Erdkugel verformen und das System aushebeln, sie konnte alles mit diesen Händen und sie konnte nichts mit diesen Händen tun, denn diese Hände konnten ihr verdammt fremd sein, so fremd, dass wenn sie mit ihnen berührte immer erschrak, weil sie nicht sicher war, wer berührt mich da und was habe ich damit zu tun.

Das Leben in trockene Tücher.

Nun stand sie da und sah nicht mal verloren aus.

Sie hätte die Narben aus seinem Gesicht entfernen können, mit einer Berührung, doch er zog sich zurück.

Als er stehen blieb, sagte sie ihm, mach doch weiter, er hätte gerne begriffen, was sie meinte, er wollte nichts falsch machen, wollte sie nicht missverstehen.

Dann setz dich eben hin, sagte sie.

Er saß.

Dunkle Stellen.

Sie fragte, was hast du früher gemacht.

Ich habe gearbeitet.

Ja, und wo?

Bei Voko.

Voko gab es nicht mehr, existierte nicht mehr, aber manche von den Menschen, die dort gearbeitet hatten, existierten noch und manchmal in ihren Träumen waren sie dort noch zu Gange und der Chef war auch der Alte und fragte sie, was ist mit Überstunden, und alle lehnten glücklich und zufrieden ab.

Er sah sie verlegen an, erwartete etwas.

Keinen Finger machte sie krumm.

Zum ersten Mal hatte sie das Gefühl, schuldig und unschuldig gleichzeitig zu sein.

Sie war verwirrt.

Verwirrt über sich selber.

Sie wusste nicht, was sie tun sollte. Sie wusste, dass es schwierig war, mit diesem Mann ins Bett zu steigen, daran zu denken, war schon schwierig.

Er saß in irgendeiner Ecke. Sie träumte nicht. Die Lippen bewegten sich zueinander. Solange er den Mund nicht aufmacht, dachte sie, ist alles ein Traum.

Er war betrunken, sein Blutdruck stieg in die Höhe, er hatte das Gefühl, eine kleine Wunde säße auf seiner Nase und wartete ab.
Zieh dich aus, rief sie.
Er richtete sich auf und zog sich aus.

Sag mir, was du fühlst.
Er wusste, dass er etwas darauf sagen musste, würde er nichts sagen, wäre alles vorbei, es hätte noch gar nicht begonnen und schon wäre es vorbei.
Er sagte, ich fühle mich schal.
Sie dachte, das ist witzig, er fühlt sich schal, aber er kommt bei mir ganz anders rüber, als wäre hier ein ganz anderer Mann, der den Kopf zusammenschweißt, der die Hände in die Höhe hebt und der alles möchte, was etwas mit mir zu tun hat.
Ich werde es verderben, dachte er.
Er wird es verderben, dachte sie.

Ich bin nicht in der Lage, dachte er. Ich bin nicht ich, dachte er, ich bin nicht der, der ich bin, dachte er.

Er hatte Angst, einen Furz zu lassen. Er hatte sich immer vor solch einem Moment gefürchtet.
Da kam der Furz.
Sie musste beinahe loslachen.
Sie lachte nicht.
Was willst du, fragte sie.
Sterben.
Aber warum?
Warum nicht?
Eine Frage mit einer Gegenfrage beantworten, das mochte sie nicht.
Warum willst du sterben, bist du krank.
Ich bin einsam.
Sie schenkte ihm nichts, und doch schenkte sie sich her. Ihre Körperteile waren in Bewegung, ihre Geschlechtsteile waren es auch.

Sein Atem wies auf etwas hin, als würde er verlangen, als würde er tatsächlich verlangen, dieser Hinweis ließ sie aufhorchen, ihr Mund mochte wie ein tückisches Klappmesser aussehen, ihre Hände waren bereit, ihre Augen wollten sich fortpflanzen, irgendwo dorthin, wo es keine Männer gab, jedenfalls keine, die nach Alkohol stanken und trotzdem mehr wollten, immer mehr, diese Männer, das konnte sie spüren, konnten nicht genug trinken, sie wollten immer mehr trinken, sie sehnten sich auch nach Körpern, aber das kamen ihnen nur so in den Sinn, das musste nicht unbedingt sein.

Oh, sie hatte ihn durchschaut, es war auch nicht so schwer, der Durst nach Alkohol verriet ihn, seine Augen zitterten, sein Mund zitterte, sein Atem zitterte und selbst seine Ungeduld zitterte, erwachte, verlangsamte sich, wurde schneller, blieb stehen, starrte sie an, zog keine Schlüsse, versuchte, seine Hände in ihre Richtung zu lenken, konnte sie nicht lenken, ihm fehlte was, ihm fehlte der Alkohol, ihm fehlte der Alkohol wie eine Hand, wie eine Hand, die sich selber verfolgte, die nicht an eine Berührung glaubte, die nicht daran glauben musste, die Tage, die Stunden, jede Bewegung, weckte Erinnerungen, sie tobten sich aus, sie bewegten sich, bewegten sich sinnlos im Kreis, jeder Kreis war sinnloser und nach jedem sehnten sie sich mehr.

*

Bork fühlte sich wohl in dieser Nacht. So war es lange nicht mehr gewesen. Seit Sophie ausgezogen war bei Karl, hatte er nicht mehr das Gefühl gehabt, dass das Leben in irgendeiner Weise gut wäre.

Er liebte Sophie wegen ihrer Liebe zu Karl. Sie stritten nie, er nannte sie seine zwei Honigtöpfe.

Sie sprachen nicht mit ihm, er wohnte zu weit weg, sie wussten nicht, dass er ihr größter Fan war.

Zu Weihnachten strickte er Karl eine Paar Socken, aber er schenkte sie nicht, er wusste nicht, ob sie so viele Nähe eines Unbekannten ertragen konnten.

Er wusste nicht, wann es angefangen hatte mit den beiden, er hatte ja nicht einmal eine Ahnung, warum es aufhörte, er fand ihn nur plötzlich allein in der Küche. Stundenlang starrte er ein Teesieb an, bestimmt war es ihres, bestimmt hatte sie es immer benutzt, vielleicht war es sogar der Grund für den Streit gewesen.

Bork begriff nicht, wie man sich streiten konnte.Er begriff die Welt nicht, was für ein System steckt dahinter, fragte er sich, warum macht man sich und anderen das Leben nur so schwer.

Er war Versicherungsvertreter gewesen, er versuchte immer ehrlich auszusehen, er war nicht ehrlich, aber er verstand es, verstanden zu werden und alle die ihn ansahen, sahen ihn mitunter mitleidig an und gingen schon deshalb auf ihn ein, damit sie seinen Blick wieder loswurden.

Dann sah er sie einmal, sie saß auf einer Bank vor dem Rathaus. Sie schaute sich ein Foto an, aus irgendeinem Grund hatte er Lust, dieses Foto zu stehlen, nur wie sollte er das schaffen.

Bork hatte eine Fähigkeit, davon werden wir später noch erfahren, deshalb nur so viel, er war schnell, nur war er sich seiner Schnelligkeit nicht immer bewusst.

Er rannte los und hatte das Foto. Er dachte, ich bin noch nicht los, aber er war schon los und hatte das Foto.

Er lief lange und schnell. Sie wird mich verfolgen, dachte er, aber er dachte falsch, sie saß noch immer da und nickte.

Kein Wunder, dass sie nickte.

Als er das Foto endlich betrachtete, betrachtete er sich, er sah vom Fenster auf sie, er sah sie an, ganz deutlich, er lächelte nicht, sein Blick erinnerte an einen Vorhang, der nach vierzehn Jahren zum ersten Mal gewaschen wurde.

Der Streit ging um mich, dachte er. Sie haben sich wegen mir gestritten. Sie war verliebt in mich und er wollte davon nichts wissen, dann zerbrach die Liebe, aber sie hatte immer noch das Foto, und nun hatte sie nichts mehr, keine Erinnerung, nichts mehr.

Spanner, stand auf der Rückseite des Fotos, doch das las er nicht, das würde er nie lesen, denn er riss das Foto in viele viele Teile, warf es in die Luft, und wie ein Nest voller tauber Blätter kehrten die Fetzen des Fotos auf den Boden der Tatsachen zurück.

Hast du schon mal einen getötet, fragte Jörg.
Nein, sagte Bork.
Kam es nie dazu oder bist du dagegen, war die nächste Frage, die Jörg stellte.
Bork kam sich vor wie bei einem Verhör.
Nein, es kam nie dazu.
Du bist wortkarg, Bork.
Ich weiß nicht, was ich sagen soll.
Du bist ein Jammerlappen, Bork.
Ja, das bin ich wohl.

Die Dunkelheit schlug kein Leck in den Nachthimmel, es ging alles weiter, immer weiter, so widerlich es auch war.
Bork stockte.
Du machst mich wahnsinnig Bork, was ist los?
Ich hab mal eine Tankstelle überfallen.
Du hast was?
Ich bin da rein mit einer Bombe. War natürlich keine Bombe, ich sagte aber, da ist eine

Bombe drin, und sie glaubten es oder sie mussten es glauben.

Du hast was?

Frag nicht dauernd, du hast was, ich bin da rein, mit einer Bombe, ich habe gesagt, das ist eine Bombe, sie haben genickt.

Du hast eine Bombe?

Es war keine Bombe, es sah nicht aus wie eine Bombe, es war eine leere Schachtel.

Und die dachten, es sei eine Bombe.

Als ich da rein bin und es gesagt habe, habe ich es selber geglaubt.

Und du wurdest nicht erwischt?

Ich bin ja schnell wieder abgehauen.

Warte mal Bork, warte, dass wir uns nicht missverstehen, du bist in die Tankstelle, hast gesagt, das ist eine Bombe, und bist wieder raus.

Genau so, ich musste ja raus, es musste ja echt wirken.

Bork, du bist ein Idiot.

Jörg wusste nicht, ob der das erfunden hatte, er wusste es nicht, weil er Bork auch zutraute, tatsächlich so blöd zu sein, aber so blöd durfte man doch gar nicht sein.

Vergiss es einfach, sagte er sich, biss sich auf die Zunge, klammerte Sätze aus, trank schneller, musste ja nicht zahlen, sah hinaus, sah auf die Gassen, aber vergessen konnte er nicht.

Hast Sex gehabt, fragte Bork

Sag mal Bork, du willst auf die Fresse, sag es ruhig.

Du hast Ideen, wir feiern ein Versöhnungsfest.

So, das denkst du also.

Bork nickte.

Für Bork war das alles wie ein Traum.

Er mochte es, wenn die Dinge sich vereinten, wenn jemand, den du bis gestern nicht leiden konntest, plötzlich dein bester Kumpan war.

Bork hatte die Hoffnung, mit solchen Geschichten das Schicksal abzuwenden, er ahnte, dass nichts Gutes dabei war, den Schuldirektor zu töten.

Bork versuchte es wieder.

Was hast du nur?

Wie?

Das war eine einfache Frage, warum bekomme ich keine einfache Antwort?

Du bekommst sie, mitten in die Fresse.

Was hast du gegen den Schuldirektor?

Du hast Angst?

Du hast wohl nie Angst, aber ich habe keine Angst, ich habe Durst, ich will auf unsere Freundschaft trinken.

Jörg war genervt, Bork war ja ein netter Kerl, eigentlich genau der Richtige für Marie. Er dachte wieder an Marie, komisch war das, aber er dachte in Verbindung mit Bork an sie, und das war noch komischer.

*

Ich heiße Tom, ich bin stark, stärker als mein Wille, ich kann meinen Willen brechen und bin noch stärker, ich siege, ich bin ein Siegertyp, ich besiege mich und bleibe unbesiegt.

Niemand weiß davon, niemand weiß von meiner Macht, das ist gut, so kann ich herrschen, ohne dass es jemand bemerkt.

Tom, der Unbesiegbare. Tom, der nichts brauchte, der niemanden brauchte, Tom, der es allen zeigen würde.

Die Stadt kniete vor ihm nieder. Die Stadt wollte ihn umarmen.

Er wollte das nicht.

Ich bin auf der Straße, wer auf der Straße ist, ist bereit, wer bereit ist, hat das sagen, wer das sagen hat, schweigt, wer schweigt kann alles empfangen und ich empfange alles, ich empfange alle Geräusche, alle Ideen, ich kann in allen diesen Ruf hören, diesen Ruf nach dem starken Mann, ich bin der starke Mann, ich bin der, den ich immer gesucht habe. Ich bin das Gesetz, ich bin das ganze Gesetz. Ich habe Macht, ich habe mich nicht besiegen lassen, ich kann auf jeden schießen.

Einer wird sterben, weil ich es will.

Ich mag den Tod, er ist die Krönung, vor der Krönung haben alle Angst.

Ich bin der König der Stadt.

Tom drehte sich um. Er suchte den Geruch, den Geruch des Todes, er wusste nicht, wo er hingehen sollte, der Tod war manchmal orientierungslos, deshalb bekam man ihn nicht zu fassen.

Er drehte sich nach jenen um, die vor der Bushaltestelle standen und es noch einmal wissen wollten.

Er starrte sie an, durchaus gewillt, sich einen von ihnen auszusuchen.

Doch so einfach wollte er es sich nicht machen.

Seine Augen verschlafen, sein Mund sprachlos, er wollte nicht denken, auf keinen Fall denken, wenn er zu viel dachte, bekam er noch Angst, und Angst konnte er nicht gebrauchen.

Ja, Bruder, nicht dran denken, dass du blutest, blutest aus deinem Hirn, hast du eine Blutwäscherei aufgemacht.

Bei wie viel Grad wäschst du es? Einerlei. Schau dich an, schau dich an, du großer Reisender, wohin geht deine Reise? Sie wird zäh werden, nicht wahr, aber du hältst das aus.

Deine Stirn verrät dich, mit dir ist es vorbei. Was redest du da von Macht, wo deine einzige Macht, deine Blödheit ist. Wo die Einzigen die dich verstehen, nicht mehr existieren und selbst die verstehen dich nicht, niemand versteht dich, du bist eine

Belastung, ein schwieriger Fall, Weißt du was du bist? Ein Versager, du glaubst, du hättest ein Recht darauf, blöd zu sein.

Gewalt ist deine einzige Äußerung, wie schwach du bist, so einen Schwachmaten muss ich ertragen.

Geh hinein, in die Leere und sprich dich selber an, sag zu dir selber, ich muss dich leider erschießen, du würdest gar nicht begreifen, bis du den Schuss loslässt, endlich an den Richtigen loslässt.

Nichts, nichts war da, nichts geschehen, und das Zittern, das gehört nicht mir, das habe ich mir von irgendsoeinem Schwachen abgeguckt und mach mich nun lustig drüber.

Lass ihn doch reden, was will er mir schon, vielleicht meint er es sogar gut, vielleicht ruft er mir mit diesen Worten zu, schon dich, schon dich, mein Lieber.

Wie gerne ich auf ihn hören würde, doch ich kann nicht, ich habe doch einen Auftrag.

An einer Bushaltestelle standen junge Frauen. Tom warf einen Blick auf sie, der war geladen.

Er lachte.

Er kämpfte für Amerika, für die Freiheit, er kämpfte für die Demokratie, für die Freiheitsstatue. Er durfte nicht nachgeben, keine Schwäche zeigen.

Er hatte eine Blutlache hinterlassen. Die jungen Frauen hatten keine Geräusche gemacht. Er spürte das Verlangen, zurückzukehren, um nachzusehen, ob er eine vergessen hatte.

Aber er tat es nicht, es war ihm am Ende ganz gleichgültig.

Der Kampf ging weiter. Der Kampf musste weitergehen und er würde siegen, er musste siegen, es ging schließlich um alles, wie sollte er da nicht siegen, er war nicht kleinzukriegen, das war nicht zu bezweifeln, er musste verschwinden, aber das hatte noch Zeit.

Tom schaute streng, er schaute zur Straße, er schaute streng zur Straße, er musste streng zur Straße schauen, denn nur so, würde sie ihm gehorchen.

Er war gefährlich.

Er bekam Angst.

Er bekam vor sich selber Angst.

Er wusste genau, was er zu tun hatte. Das konnte nicht jeder von sich sagen.

Ihm kam die Mücke in den Sinn, vielleicht verfolgte sie ihn, vielleicht hatte sie es auf ihn abgesehen.

Er drehte sich um. Vorsicht! Überall lauerte die Gefahr, überall lauerten Tote, die überhaupt noch nicht wussten, dass sie tot waren. Das war der Anfang, dachte er. Ich bin Tom, dachte er, etwas in seinem tiefsten Inneren schrie auf.

Bald würde er beginnen, er würde mit seiner Biografie beginnen. Er würde beschreiben, was in ihm vorging und warum es so wichtig für ihn war, etwas gegen Waschlappen und Gutmenschen zu tun.

Er hatte nichts gegen die sexuellen Missbräuche von kulturell Andersdenkenden, sollten die sich doch nehmen, was er ohnedies nicht gebrauchen konnte.

Was waren Frauen schon wert?

Immer klagten die, wenn man ihnen zu wenig Rechte gab, man durfte ihnen nicht zu viele Rechte geben, man musste auf sie aufpassen, man muss streng werden, wenn die frech wurden.

Die Gesetze waren alle zu weich, auch darüber würde er schreiben, alles, was er schriebe, wäre die Wahrheit, und natürlich würden sie das Buch verbieten, es blieb ihnen ja nichts anderes übrig, als es zu verbieten, die Wahrheit wurde immer verboten.

*

Es war eine dieser traurigen Mondnächte. So empfand es der Schuldirektor, und wie sollte er nicht so empfinden.

Es hatte zu viele Verluste gegeben in letzter Zeit, erst die Frau und nun der Direktorenposten.

Wie sehr hatte er sich daran gewöhnt, dass ihn die Leute so nannten, sie nannten ihn ja überhaupt nicht mehr mit dem Namen, den brauchte er kaum noch, und nun, nun musste er das Handtuch werfen, er hatte keine Chance.

Und wenn doch?

Wenn er morgen hinginge und sagte, ich werde weiter Schuldirektor bleiben.

Was würden die tun? Konnten die etwas tun? Oh ja, die könnten viel tun.

Das Erste, sie würden sich taub stellen, so war es immer, immer war es so, wenn einer etwas sagte, das er nicht sagen sollte.

Danach würden sie überlegen.

Anrufen? Die besten Ärzte waren verrückt geworden, nun war nur noch die zweite Wahl da.

Einer würde sich schon finden.

Den Direktor schickte man in ein Zimmer und schlösse ab.

Der Arzt der zweiten Wahl käme, er sähe ganz verwirrt drein, gerade so, als hätte er es nicht gelernt, zu sehen.

Nein, dachte der Schuldirektor traurig, er dachte gar nicht daran, sich hinaustragen zu lassen.

Also besser vernünftig sein.

Verabschieden lassen.

Er mochte nicht zurückdenken, warum auch zurückdenken, warum aber nicht, es kam ja nichts mehr, was sollte noch kommen, das große Schweigen wartete auf ihn, soll es kommen, aber zurückdenken, zurückdenken mochte er nicht. Zurückdenken war wie gar nicht denken, war wie denken verstecken.

Auch gut, hoffentlich finde ich das Versteck nicht, dachte er.

Und dann doch.

Es gab wenige Erinnerungen, die er gerne hatte, eine war jener Spaziergang mit seiner Mutter. Er hatte einen grünen Lutscher bekommen, und den hielt er hoch zum Himmel, der Lutscher bedeckte den Mond, für ihn war es der größte Lutscher der Welt.

Er lachte.

Warum lachte er?

Er musste über einen Zirkusbesuch nachdenken, er wusste nicht, ob er den nur geträumt hatte.

Die Clowns fielen durch ihre Unruhe auf, ständig verhaspelten sie sich, man sah ihnen an, dass sie überhaupt nicht daran dachten, lustig zu sein.

Das Publikum lachte trotzdem, es lachte, weil es Clowns waren, wären es Sargträger gewesen, sie hätten nicht gelacht.

Sie rauchten zwei Zigaretten gleichzeitig, sie trugen ganz normale Schuhe.

Sie sprangen und hüpften nicht.

Das Publikum lachte, es lachte über die normalen Schuhe, es lachte über das Nichthüpfen und Nichtspringen.

Einer der Clowns hatte ein Problem, sie redeten darüber, der eine sagte, mein Arzt sagt, ich lebe nicht mehr lange.

Das Publikum lachte, es wartete nicht ab, was der andere erwiderte, der andere erwiderte nichts, er saß stumm da, rauchte eine Zigarette und mit der anderen steckte er die Zigarette des anderen an.

Das Publikum lachte.

Komisch war es, dass er das Gefühl hatte, Teil des Lachens und Teil des Schmerzes der Clowns zu sein.

Die Reaktion des Publikums war seltsam, sie lachten, sie lachten, obwohl es nichts zu lachen gab. Vielleicht war es so mit dem Publikum, es reagierte so, weil es nicht anders reagieren konnte, es lachte, ohne zu überprüfen, warum. Es empfand sehr wohl Mitleid mit dem Clown, es wusste aber keinen anderen Ausweg, als zu lachen

Es beruhigte ihn, so zu denken. Es beruhigte ihn für einen Moment.

Aber dann fragte er sich, wo auf der Welt gibt es denn so ein Publikum?

Ein Publikum will doch kein Verständnis haben, es will nicht wissen, warum etwas plötzlich anders geworden ist.

Ein Publikum hat bezahlt und hat das Recht, unterhalten zu werden, und wenn jemand nicht so handeln würde, wie es das Publikum fordert, würde das Publikum nicht mehr kommen.

Trotzdem,
diese Clowns waren außergewöhnlich, sie saßen da und sahen das Publikum an, sie redeten miteinander, keiner wusste, dass sie über das Publikum redeten, dass sie Mitleid hatten mit dem Publikum, dass sie gerne fröhlich gewesen wären, dass sie aber nicht fröhlich sein konnten, denn der Tod war nicht fröhlich, der Tod musste nicht traurig sein, aber er lachte nicht gerne, er konnte damit nichts anfangen, der Tod konnte nur mit sich selber etwas anfangen, er mochte es nicht, wenn man ihm bei der Arbeit zusah, und deshalb konnten die Clowns nicht lachen, einer von ihnen wusste es, er wusste, er war in den Fängen des Todes, er musste lachen, ja, er musste lachen, und als er lachte, stand das Publikum geschlossen auf und eilte nach Hause.

*

Die Pistole lag sanft in ihrer Hand, wie ein Gedicht lag sie da, ein Gedicht über das Leben, die Öde, die Wildnis, das Vergessen und den Tod.

Er sah sie an. Dieser Blick war nicht mächtig. Sein Blick war ergebnislos, das konnte sie fühlen.

Er war eine Luftblase. Eine Luftblase mit einem Kussmund. Sie küsste ihn nicht. Als er sie küssen wollte, wendete sie sich ab.

Am Anfang war die Nacht. Sie gehörte den Untauglichen, den Ausgestorbenen, den Wiederkehrenden, den Zugezogenen und den Heimatlosen. Sie gehörte allen und sie verschwand wieder und dann gehörte sie niemandem, auch nicht den Verwandten, den Flaschentrinkern, den Trinkern überhaupt, die machten sich auf die Suche, die suchten überall und verschwanden in dieser Suche, und wenn sie wieder auftauchten, sah man sie nicht mehr, man sah nur den undankbaren Blick eines Alkoholikers, der nicht mehr wusste, wie man nach rechts und links schauen konnte.

Mit der Pistole in der Hand, blickte sie ihn an. Ihm kam es vor, als blicke nicht sie, sondern die Pistole ihn an, und dieser Blick war keinesfalls streng.

Was war geschehen? Wir drehen die Zeit zurück.

Er war mutiger geworden, er hatte Licht in der Küche gemacht, und nun sah man den ganzen Dreck und Müll, der den Boden daran hinderte, ein Boden zu sein.

Er hätte sich gerne leidenschaftlich bewegt, er hätte sich gerne überhaupt bewegt, doch er blieb stehen. Er war einfach nicht kompetent.

Er hätte sich gewünscht, sie würde gehen. Seine Unterhosen hatten Löcher, Löcher, in die man eine Faust stecken konnte.

Sie schwieg.

Sie schwieg über die Löcher.

Es war nicht leicht, über die Löcher zu schweigen.

Es war Nacht, geräuschlose Nacht, zumindest bei ihm, in ihm nicht, in ihm lagen alle Geräusche auf der Lauer.

Er wünschte sich, zu platzen, er wünschte sich, wie Leyla zu platzen. Leyla platzte, weil sie glücklich war, sie hatte einen Defekt, er hatte keinen Defekt, keinen solchen, er platzte nicht.

Sie berührte ihn, er fasste es zusammen, er wäre gerne bereit gewesen, alles für sie zu tun.

Wie gerne er vor ihr gekniet hätte. Sie spürte es und sagte, geh auf die Knie.

Als er kniete, hatte sie den Faden verloren, sie hatte den Faden verloren, weil sie den Müll nicht ignorieren konnte.

Er dachte, nun wird sie mich sicher bestrafen, nun wird sie mich sicher bestrafen, nun wird sie mich sicher bestrafen, und er dachte, nun wird sie mich sicher bestrafen. Doch sie bestrafte ihn nicht. Warum bestrafte sie ihn nicht, er verstand sie nicht, er verstand nicht, warum sie ihn nicht bestrafte.

Er spürte, er spürte, dass sie sich zurückzog, sie zog sich zurück und es kam ihm wie die bitterste Bestrafung vor.

Sie hätte sich hergeschenkt, sie hätte nichts dabei gewonnen, aber sie hätte es nicht vergessen, nicht sofort.

Es war nicht schlimm, es war nichts Schlimmes dabei, es war, als käme sie von irgendeiner Wanderung.

Wäre nicht dieser Boden gewesen, sie konnte es nicht ignorieren, sie konnte diesen Boden nicht ignorieren, dieser Boden war ein Spiegelbild von ihm, und das machte sie fertig, das konnte sie nicht übersehen und warum sollte sie es auch übersehen, es machte keinen Sinn es zu übersehen, also übersah sie es nicht.

Er eilte in sein Zimmer. Er keuchte. Er verlor einen Furz zwischendurch.

Es war ihm schon alles gleichgültig.

Er wollte es zerschneiden. Er wollte den dünnen Faden zwischen ihr und ihm zerschneiden.

Er hatte diesen Blick gesehen. Dieser Blick war die Vernichtung.

Sie schaute ihm nicht hinterher, sie konnte ihm nicht hinterhersehen, später dann doch, aber das war später, warten wir noch einen Augenblick.

Ihr war zum Kotzen zumute. Sie hielt den Blick auf den Boden nicht mehr aus, es tat ihr leid, dass sie es nicht aushielt, aber es war so ekelhaft, verschlissene Unterhosen lagen neben Senftuben, schimmliges Brot neben einem vergilbten Sexmagazin.

Er holte seine Pistole. Die Pistole lag in einer Schublade. Sie war staubig geworden, das hätte ihr gefallen, ihr hätte es doch bestimmt gefallen, dass sie so staubig war, aber er wischte sie ab, er entfernte den Staub, bevor er sich erschießen wollte

Was für ein Irrsinn, die Pistole vom Staub zu befreien, man musste die Pistole von sich selber befreien.

Er schoss daneben. Er fluchte, wollte es noch einmal versuchen. Aber es gelang ihr, ihm seine Waffe abzunehmen.

Nun richtete sie seine Pistole auf ihn und schoss, zwei oder drei Mal, nein, sie zählte nicht, es zählte nur das Ergebnis, und das Ergebnis war tot.

Nun musste sie verschwinden, schnell raus aus der Wohnung, schnell raus aus dem Haus, hinab zur Straße und dann weiter, immer weiter.

*

Tom hatte das Gefühl, es allen zeigen zu müssen, niemand durfte sich erlauben, auf ihn zu schießen oder ihn anzusehen. Tom fand sich irgendwie leblos, das sagte er sich nicht gerne, aber er spürte es, vielleicht mussten Helden so sein, und er war es, er war es auf eine sehr aufdringliche Weise. Immer musste er sich hervorheben, wenn er überhaupt mit jemandem sprach, sprach er über sich, aber eigentlich sprach er über Amerika.

Er hatte Macht, ihm konnte keiner was, er versteckte sich hinter seinem mickrigen Job.

Er nahm das Leben an, er suchte es nicht. So ging er durch die Straßen und Gassen, er ging langsam, und es kam ihn vor, als ob er sich vor sich selber fürchtete.

Er war so stark, viel zu stark für diese Welt.

Die meisten jungen Frauen waren unbewaffnet, sie gingen auf die Straße, weil sie das für ihr Recht hielten, das fand Tom lächerlich, solche Frauen zählten nicht, er nahm es locker hin, ihr Leben einfach auszulöschen.

Was er suchte war ein ganz anderer, irgendein Punkt, irgendein lebendiger Schatten, der ihm standhalten könnte, wenn er eine Chance hätte.

Zwei Typen sah er von Weitem gehen. Die waren sicher nicht besonders wichtig, aber sie waren zu zweit, und das war etwas Besonderes, das war deshalb etwas Besonderes, weil er sie wählen lassen wollte, sie sollten wählen, wer von beiden erschossen werden soll.

Er betrachtete sie und lächelte, nein, er lächelte nicht, es sah nur kurz aus, als würde er lächeln.

So, wie die gingen, schienen sie viel Zeit zu haben. Bald würde man Erde auf einen der beiden legen, der andere stünde am Grab und müsste immer daran denken, dass er dort unten liegen könnte.

Es ist schlimm, in dir zu sein und zu wissen, was du tust, du bist ein Ungeheuer, du hast eine Fratze, du bist ein Feigling, du bist der größte Feigling dieser Tage, du bist nichts, du bist tatsächlich nichts, eine leere Blase, du Idiot, du Schweinehund.

Ich muss aufpassen, dachte er, ich bin nicht ganz dicht im Kopf, dachte er.
Er spürte, wie etwas in ihm war, etwas was er nicht haben wollte. Er bekam Angst, die durfte er nicht zeigen. Er dachte, das ist der Schmutz, der hat eine eigene Stimme.

Jörg langweilte sich, er hatte das Gefühl, dass ihn Bork an der Nase herumführte. Er sollte ihn wegpusten, Schluss mit ihm machen, wer würde ihn schon vermissen? Vielleicht eine Brücke, über die er manchmal ging, vielleicht eine Fliege, die an sonst niemandem hing, vielleicht die trockene Wäsche, die zuhause auf ihn wartete, vielleicht das Hustenbonbon, das auf irgendeiner Holzbank nach ihm rief, vielleicht ein Zug, der vergaß, wo er war, vielleicht die finsterste Nacht, von der noch niemand etwas wusste, aber sonst, sonst würde man ihn einfach wegbringen, ein weiterer Toter mehr.

Du verarschst mich doch, rief er, du verarschst mich schon die ganze Zeit. Du erzählst mir, du wüsstest, wo der Idiot wohnt, aber du weißt es gar nicht, und selbst wenn du es weißt, du behältst es für dich, und du willst ein Freund sein, weißt du, was du bist, ein Verräter bist du, kein Wunder, dass ich dich früher immer bestraft habe, du kamst mir nie wie ein Unschuldiger vor, ich habe mir immer gedacht, irgendwann wird er sich die Schläge und die Blamagen verdienen, und nun ist es so weit. Du hast bereits gekriegt, was du verdient hast, wir sind quitt.

Bork dachte, ich lass ihn in Ruhe, wenn er fertig ist, wird er wieder der nette Kerl sein, der mit mir trinkt und Spaß hat.

Er dachte, ich erzähle ihm, was in Darmstadt wirklich passiert ist, ich muss es ihm sagen, wenn ich es ihm nicht sage, bleibt etwas zurück, und das will ich nicht, das würde ich nicht überleben.

Allerdings wurde er gestört, denn ein seltsamer Typ stand plötzlich vor ihnen. Der Typ sah aus, als käme er von keinem Ort, er sah eigentlich nach nichts aus, gerne hätte er Jörg vorgeschlagen, wieder zurück zur Kneipe zu gehen.

Tom stand vor ihnen, lächelte, er lächelte lächerlich, er ragte heraus, das wurde wieder einmal deutlich.
Er hatte die beiden im Griff, war überhaupt kein Problem. Er fühlte sich, wie sich Gott am neunten Tag gefühlt haben musste, überall war die Macht und alles hatte etwas mit ihm zu tun.
Er hätte sich selber gerne in diesem Moment gesehen, er hätte sich zuflüstern sollen, Mann, wie geil du bist.
Die anderen bemerkten es natürlich auch, deshalb stammelten sie zwar irgendeinen Mist, versuchten aber nicht zu flüchten.
Dann sprach er zu ihnen, er sprach zu ihnen, als hätte er nichts damit zu tun, mir egal, was ihr für Idioten seid, einen von euch töte ich, ihr dürft wählen.

Wer ist das, fragte Bork
Was fragst du mich, du Idiot, du ziehst ja das Pech an und nicht ich, frag ihn, wer er ist, vielleicht erschießt er dich und ich bin fein raus.

Bork fragte sich, warum Jörg selbst in so einer Situation so gemein zu ihm sein konnte, wenn er nicht geglaubt hätte, dass es nur Spaß war, hätte er sich einfach aus dem Staub gemacht. Denn Bork war schnell und Bork war schwer zu treffen, er ging, wenn er ängstlich genug war, im Zickzackkurs, für jeden Schützen ein Dilemma.

Wählt, schrie Tom, oder es entscheidet die Münze.

Was, wenn wir entscheiden dich zu erschießen, du Idiot, sagte Jörg und lag auf dem Boden. Die Entscheidung war gefallen, ganz ohne Wahl.

Bork glaubte, diese Szene immer wieder zusehen, es kam ihn jedes Mal vor, als sei er getroffen, doch nicht er war getroffen, obwohl er es verdient hätte. Jörg war tot.
Er begriff nicht, verstand nicht, er wollte nicht begreifen und er wollte nicht verstehen.

Er rannte.
Er rannte.
Er rannte.
Er rannte überallhin.
Er glaubte nicht, was geschehen war.
Er hatte früher immer geglaubt, wenn er es nicht glaubt, ist es auch nicht geschehen.

*

Marie räumte sich aus dem Weg. Sie konnte ihre Schritte noch hören, sie hörte auch den Klang ihrer Stimme noch, ununterbrochen hörte sie sich reden, ohne dass sie einen Ton von sich gab.

Sie kannte den Weg bis dahin, bis zu ihrem geliebten Fluss.

Sie würde ihm begegnen, ohne zu vergessen, sich vorher die Nase zu schnäuzen.

Noch war Zeit da, und weil Zeit da war, dachte sie nach, und weil sie gerne laut nachdachte, redete sie, sie redete, ohne dass man ein Wort verstand.

Die Worte hörten sich wie Kleingeld an oder wie das Zerbrechen von Parkscheiben.

Sie zitterte nicht.

Sie hätte gar nicht gewusst, warum.

Früher hatte sie gezittert sie, früher, als man ihr als Kind befohlen hatte, dies und jenes zu besorgen, sie hatte gezittert, weil sie Angst gehabt hatte, das Falsche zu kaufen. Die Erwachsenen waren so schnell unzufrieden.

Aber nun, nun gab es keinen Grund mehr zu zittern, warum sollte sie auch zittern, sie war auf dem Weg zu sich, und nur die Nacht konnte ihre Schritte sehen, diese schrecklichen Schritte, die so leicht klangen, die so leicht verloren gehen konnten.

Da kamen sie ihr entgegen, all die Betrunkenen, all die Verzweifelten, die Ängstlichen, die Trostlosen. All die, die nicht mehr heimfanden, die nicht mehr heimfinden wollten. Sie bildeten Sätze wie andere Rohbauten. Sie stolzierten umher und hätten leicht den Verkehr stören können. Sie bildeten Gruppen, um nicht so allein zu sein, doch bemerkten sie manchmal sehr schnell, dass man in diesen Gruppen auf eine ganz besondere Art einsam war.
Bald würde sie nichts mehr davon wissen. Eine Wunde nur, ein Schuss, schon lag sie im warmen Bett der Lahn.

Sie zählte nicht die Schritte davor, sie vergewisserte sich nicht, ob es sich nicht doch noch lohnte, weiterzumachen, selbst wenn es sich gelohnt hätte, es hätte sich niemals gelohnt, darüber nachzudenken.
Es war alles viel einfacher. Sie war fertig. Ihre Rolle ging hier zu Ende, nun mussten die anderen ohne sie weitermachen.

Ihr Herz pochte nicht mehr, das war das Nichts, sie hätte es gerne versteckt, sie hätte es am liebsten gar nicht bemerkt, dieser Schmerz war viel mehr als ein Schrei, dieser Schmerz klang wie ein Willkommensgruß.

Am besten, sagte sie sich, ich mach es wie die Insekten, ich lache über die Zeit, nicht über die Welt, denn die Welt ist grenzenlos.

Ich hinterlasse nichts, das war auch so ein Gedanke, einer, der schrecklich klingen musste, wenn sie es in vertrauter Runde gesagt hätte, bei Freunden, während sie Wein tranken und schon lange nicht mehr wussten, worüber sie eigentlich redeten.

Sie fing an zu begreifen, warum am Tag die Menschen über Überstunden herzogen und sie nach Hause kamen und froren und traurig waren, weil ihnen wieder so viel Zeit entgangen war.

Das würde sie vergessen, und sie würde auch vergessen, wie es mit der Liebe war und dass es Grenzen gab, und erst wenn man die übersah, konnte man jemandem sagen, ja, ich liebe dich. Vorher war es nur Schönfärberei, war es nur ein Beginnen, das endete, das endete, weil es nur Geschichte war, auch sie war nur Geschichte, Geschichte, die hier endete.

Sie hörte von Weitem den Güterbahnhof, wie blechern der klang, wie ein Mahnmal, das auf das Letzte wartete.

Ach, sich all die vorzustellen, die auf die Schienen geraten sind, freiwillig, ganz im Schmerz, ihn suchend, ihn nicht zurücklassen wollend, nein, der muss mitkommen.

Da kamen Güterzüge, das war eine Pracht, und ganz ohne entsetzlichen Schrei, das klang, das klang beinahe vertraut, als wollte man gleich hinrennen und ... Nein, das nicht.

Was mochten sie geladen haben? Panzer vielleicht, blinkende, glänzende Panzer? Panzer, denen man nichts anhaben konnte. Die Panzer grölen, ich kann sie verstehen, sie wollen raus, wollen auf die Fahrbahn, wollen für Ordnung oder für Unordnung sorgen. Sie fallen über dich her, sie warten auf einen Auftrag, sie füllen den Auftrag aus, ganz egal, ob sie dich mögen oder nicht.
Sie stehen am Güterbahnhof, bestimmt zittern sie, sie grasen die Gedanken ab, sie zittern dabei weiter. Oh ich kann mir gut vorstellen, wie sehr ihnen es gefällt zu zittern.

El sah sie vom Ufer aus. Sie mochte es, an einer bestimmten Stelle zu sitzen, wenn sie Glück hatte, leuchtete der Mond auf den Fluss und erinnerte sie an alles, an alles, was es auch noch gab, was nicht verloren gehen konnte. Sie sah Marie. Sie kannte den Namen nicht. Marie kannte ihn auch nicht, sie war nur eine Leiche mehr auf der Welt.

Nein, dachte El, die hol ich nicht ans Ufer.

Sie wollte Julie Bescheid geben. Julie war längst auf einem Supermarktdach. Während El sich eine kleine Pause gönnte. Aber in dieser Pause schwamm diese Tote vorbei und lächelte, und da dachte sie, das gehört nur uns, nur dieser Toten und mir, und auch sie lächelte, ja, sie lächelte zu ihr hin.

*

Jörg war mein bester Freund, mein einziger, nun lag dort, wo er eben noch lebte, ein Toter.

Sein Entschluss stand fest. Er musste den Schuldirektor töten. Er schloss alles andere aus, die Blumen, die Kastanien, die neuesten Weichspüler, er schloss auch die aus, die er gerne hatte, es waren ja nicht viele, es war ja nur einer. Du wusstest, was mit ihm war, du wusstest was mit ihm geschehen würde, man würde ihn wegbringen, auf dem Friedhof wartete bereits ein Grab auf ihn.

Nun war er am Zug, er war am Zug, er musste es tun, er musste es tun, weil er es versprochen hatte, er hatte einen Entschluss und er würde ihn zu Ende bringen.

Er kannte den Weg zum Schuldirektor ganz genau. Denn er war einmal ein bisschen verliebt in ihn gewesen. Er fand seine ruhige Art gut, er dachte immer, wenn er ihn sah, was für eine Pfeife, aber er ist nett.

Er träumte davon, mit ihm spazieren zu gehen, ihn zu küssen, er musste lachen, wenn er daran dachte, er wollte nicht lachen, es war ihm nicht nach Lachen.

Alles, was ihm entgegenkam, hätte er am liebsten verworfen, er gab nichts mehr auf Wirklichkeiten, er gab nichts mehr auf Realität, er wollte, dass er zusammenbrach, vielleicht ist das meine Rettung, vielleicht gibt es keine Rettung mehr, aber vielleicht ist das meine Rettung, selbst wenn es keine Rettung mehr gibt.

Er brach nicht zusammen, er brach nicht zusammen, es machte keinen Sinn, daran zu denken, dass er zusammenbrechen könnte.

Er wollte nicht stehen bleiben, auf keinen Fall stehen bleiben. Wäre er stehen geblieben, er hätte bemerkt, dass es noch eine Möglichkeit gegeben hätte, er wollte von dieser Möglichkeit nichts wissen, er musste den Schuldirektor töten, es gab keinen Grund, oh doch, es gab einen Grund, diesen Grund verstand er nicht, er musste diesen Grund nicht verstehen.

Jörg war tot.

Ich bin schuld, sagte sich Bork, ich hätte mich der Kugel entgegenwerfen müssen.

Wie gerne er über diesen Satz gelacht hätte, er lachte nicht, er bekam das Lachen nicht zu fassen.

Der Schuldirektor hörte Geräusche, Geräusche die nicht klangen, als wären sie weit. Da waren doch Schritte, da waren doch Schritte zu hören.

Endlich geschah etwas.

Er war nicht mehr allein.

Ich sollte die Tür öffnen, ganz gleich, wer da ist, ich lade ihn ein, ich habe noch eine Schale Trockenobst, die könnte ich ihm anbieten.

Er wirkte plötzlich euphorisch. Wie verwandelt. Er holte den Cognac, schüttete ihn in den Cognacschwenker und wartete ab.

Der, der vor der Tür stand, muss sich wohl erst sammeln, ich möchte ihn nicht erschrecken, wenn ich ihn erschrecke, verschwindet er wieder, und das will ich nicht.

Vielleicht der Hausmeister, dachte er, vielleicht sah er es ja ein, sah seinen Fehler ein, gab ihm den Schlüssel zurück und sagte, es tut mir leid Herr Schuldirektor, ich war wohl etwas zu vorschnell.
Aber ja, würde er sagen, aber ja, Sie waren zu vorschnell, aber was macht das schon, jetzt sind Sie da, kommen Sie rein, wir trinken einen Cognac.

Bork stand vor seiner Tür, er stand vor der Tür des Schuldirektors, er war schon einmal vor dieser Tür gestanden, aber damals war es anders gewesen, damals hatte er niemanden gehabt, er hatte nicht einmal gewusst, wie das war, jemanden zu haben, er hatte nur gewusst, dass ihm etwas fehlte, das wusste er heute auch wieder, er wollte nicht daran denken, natürlich dachte er daran, er dachte ständig daran und er verstand es nicht, er verstand nicht, warum Jörg tot war.

Der Schuldirektor war enttäuscht. Es war nicht der Hausmeister. Es war ihm doch von Anfang an klar gewesen, dass der es nicht war, aber er hätte es gerne gehabt, dass er es gewesen wäre.

Es war sicher ein Einbrecher. Einer, der verzweifelt war, verzweifelt wie er. Warum sollte er ihm nicht behilflich sein, Verzweifelte mussten doch einander helfen.

Mach auf, flüsterte Bork, er sollte schreien, aber er war fürs Schreien nicht gemacht.
Der Schuldirektor lächelte. Er stand vor der Tür, er stand breitbeinig da, er hatte einen schwarzen Umhang um, er gefiel sich.

Den Cognacschwenker hielt er fest. Ganz fest. So fest, als würde er ihn im nächsten Moment loslassen.
Warum schießt er nicht einfach durch die Tür, fragte sich der Schuldirektor. Er lächelte, seine Augen strahlten, es geschah etwas, er hatte schon nicht mehr damit gerechnet.

Er hatte mich getröstet, als mein Vater gestorben war, dabei hatte ich es nur erfunden, ich hatte das Gespräch mit ihm gesucht und gedacht, das Beste ist, wenn du traurig guckst, und ich guckte traurig und der Schuldirektor sah es und er kam und fragte und ich sagte, mein Vater ist gestorben, ich hätte auch sagen können, dass mein Großvater gestorben sei, das wäre für mich dasselbe gewesen.

Er tröstete mich, seine Worte klangen gut, ich fand das in Ordnung, ich hatte mir ein bisschen mehr versprochen, ich dachte, er nimmt mich in den Arm, er nahm mich nicht in den Arm. Aber er glaubte mir und tröstete mich, ich habe gelogen, aber dass er mich tröstete, fand ich immer noch gut, und trotzdem werde ich ihn töten, er wird nicht daran denken, er wird nicht an mich denken, er wird nicht denken, dass ich vor der Tür stehe, er denkt, da steht irgendwer vor der Tür, ich bin natürlich irgendwer, wer sollte ich sonst sein.

Ich stehe vor deiner Tür, Alter, mach auf, rief er.
Der Schuldirektor lachte, es war ihm mulmig zumute und deshalb lachte er. Lieber wäre er die Treppe hinuntergepurzelt, lieber hätte er einen Brief an Luther geschrieben, lieber hätte er alles, alles in Frage gestellt, aber dieses Gefühl, dieses mulmige Gefühl, wollte ihm nicht gefallen.
Ob es der Briefträger war, ob es der war, der hin und wieder an die Fenster klopfte, was für eine Frechheit, er hatte es ihm verboten, aber gefruchtet hatte es nicht.
So bin ich eben, sagte er sich, nie kann ich mich durchsetzen.
Wieder hörte er diese Stimme.

Was ist, was ist los da, mach auf, ich bin Versicherungsangestellter.

Bork wusste nicht, warum er es gesagt hatte, es kam einfach aus ihm heraus und für einen kurzen Moment dachte er, es wird doch wieder alles gut.

Der Himmel lag in Ketten. Die Nachtfrösche waren irgendwo, sicher nicht in den Broten der Nachbarskinder. Der Schuldirektor mochte die Nachbarskinder nicht besonders, er mochte es nicht, wenn sie zu viel redeten, sie redeten immer zu viel, er hatte als Kind selten geredet.

Aufmachen, du Schornsteinfeger.

In diesem Moment öffnete sich die Tür.

Als der Direktor sah, wen er da erschossen hatte, dachte er, den kenne ich doch, ein ehemaliger Schüler von mir, hat immer getan, als tauge er nichts, aber ich hab ihm das nie geglaubt. Er schüttelte den Kopf, blickte auf den Toten. Es kam ihn unsinnig vor, ihn erschossen zu haben. Ich hätte mich erschießen sollen, dachte er, nein, er dachte es nicht, er tat es einfach.

*

Er ging mit breiten Grinsen über die Straßen, ein paar Hilfsbedürftige sahen sich gezwungen, einen Besoffenen, der gegen die Mauer des Mathematikums pinkelte, krankenhausreif zu schlagen.

Tom hätte ihn gerne erschossen, aber aus irgendeinem Grund kam ein Krankenwagen und brachte den krankenhausreif Geschlagenen ins Uni-Klinikum, wo eine Frau herumirrte, die von zwei Hilfsbedürftigen, die so freundlich begrüßt wurden (mit Händen die wogten und klatschten), gejagt wurde, wie Beute, und wie Beute glaubten sie, die junge Frau vernichten zu können, aber sie hatte Glück.

Später würde man ihr sagen, das sei eben in deren Kultur so üblich, das müsse man verstehen.

Es waren dieselben Leute, die aus den Nestern rutschten, wenn irgendein Idiot ein Bild von einer Frau herausholte, um darunter zu schreiben, komm schon. Es waren dieselben Leute, die von sich behaupteten, menschlich zu sein und alles zu verabscheuen, was mit Gewalt zu tun hatte.

Der geretteten Frau rutschte die Nacht aus den Sohlen, sie wollte das Klinikum nicht mehr verlassen, sie hetzte von Station zu Station, stellte irgendwelche irrwitzigen Fragen, bloß um nicht mit diesen Antragstellern konfrontiert zu werden.

Peinlich pikiert reagierten die Menschenrechtstruppen, wenn so etwas in der Zeitung stand, wenn so etwas in der Zeitung stand, redeten sie von Propaganda gegen die Ärmsten der Armen, und so etwas hätte es ja schon einmal gegeben in diesem Land.

Ja, so etwas hatte es schon einmal gegeben in diesem Land, und so manche Frau jüdischen Glaubens hätte davon erzählen können, sie hätte davon erzählen können, wie sie von Faschisten zu Tode gehetzt wurde, aber sie konnte es nicht erzählen, denn sie hatte das nicht überlebt.

Manchmal stolperte Tom über einen Stein. Er hatte nicht wenig Lust, ihn aufzuheben und ihn in ein Schaufenster zu werfen.

Aber er ließ es bleiben, wenn es jemand sah, würde er eine Anzeige bekommen, und das konnte er sich nicht leisten.

Sein Traum hatte Bestand. Er wollte noch immer in die USA.

Dort gehörte er hin. Dort musste er sein. Dort würde er sich endlich geborgen fühlen.

In dieser Stadt konnte man sich nicht geborgen fühlen. Diese Stadt war so arm, war so traurig, stank so fad, war so schmutzig, war so gemein, war so langweilig, war eben nichts für ihn, war das reinste Gift für ihn.

Er gehörte nicht hier hin.

Wo waren seine Wurzeln? Warum nicht dort?

Er dachte an seinen Vater.

Das Grinsen verschwand für einige Momente, für einige Momente schien er sich fremd, er hatte große Lust, sich einfach weil er wollte, in die Tonne zu schmeißen.

Doch schon war er wieder er, ganz er, er lachte, der andere Gedanke verschwand, er lachte, es war eine Nacht, von so einer hätte er gerne mehr gehabt. Er fühlte, wie die Freiheit in sein Gesicht sprang, er spürte, dass es sich lohnte, zu leben.

Er hob einen Stein auf.

Es war ihm nicht kühl, obwohl er, als er den Stein aufhob, gefroren hatte.

Er sollte nicht so viel denken. Er sollte nach Hause gehen. Er musste doch schlafen. Er musste doch morgen wieder so tun, als wäre er einer von vielen.

Er hatte die Stadt gesäubert, er hatte sich einer Herausforderung gestellt. Er war der Verteidiger der Freiheit. Die Freiheit war in Gefahr. Er hatte die Gefahr gesehen, er war nicht der Einzige, man musste einen Standpunkt haben, die meisten hatten den nicht, sie ließen sich wie Waschlappen behandeln, nur damit sie eine Nummer schieben konnten.

Tom war zuhause. Er hatte alles erledigt. Er war zufrieden. Nun war er müde, nichts wie ins Bett, morgen musste er früh raus. Er zog sich aus, sah noch einmal nach draußen.

Wie langweilig diese Stadt doch war.

Er wollte schlafen. Nur noch schlafen. Tom rekelte sich hin und her, er war zufrieden.

Etwas kam näher. Es brummte, es summte, er hörte es, er hörte es tatsächlich, es durfte nicht sein, doch sie war es, sie war es. Die Mücke zog sich wieder zurück, damit hatte sie nicht gerechnet, sie dachte nichts, sie rechnete auch mit nichts, warum sollten Mücken mit etwas rechnen, das ergab doch keinen Sinn.

Hör mal, ich widersprach dir nur, damit du begreifst. Wenn ich gekonnt hätte, hätte ich dir zur Seite gestanden.
Ich bin auf deiner Seite, versteh mich richtig. Du hast nur jemanden vergessen, du wurdest beobachtet, als du an der Bushaltestelle die jungen Frauen getötet hattest.
Hol sie dir, ich sag dir, wo sie ist.

Tom fürchtete, wahnsinnig geworden zu sein, wie war es möglich, dass sein Inneres mehr sah als er.
Aber was machte das schon, selbst wenn ihn jemand beobachtet hatte, was konnte ihm schon passieren, ihm passierte doch nichts.

Aber Tom, diese Frau ist gefährlich, du musst sie schnappen und töten, erst dann bist du endgültig befreit, hör doch einmal auf mich, ich meine es gut mit dir.

Was war nur los mit dieser Stimme, die hatte sich ja völlig verändert. Vielleicht aber stand sie die ganze Zeit auf meiner Seite, wollte mich nur testen.

Wollte nur testen ob ich es schaffe, ob ich das Zeug dazu habe, und nun hat sie gemerkt, ja, er schafft es.

Er hatte Recht, wenn die eine Waffe hat und Jagd auf mich macht.

Sein Blick rutschte nach draußen. Draußen war nichts mehr. Die ganze Stadt schien sich beruhigt zu haben, bestimmt schlief die auch schon. Solche Schlampen halten nicht durch, bestimmt wusste die überhaupt nicht, wie man mit einer Pistole umging.

Komm, los, ich zeig dir, wo sie ist. Sie wartet noch, ich weiß nicht worauf, aber sie ist schlaff und müde, du hast vollkommen Recht, wie konnte ich nur an dir zweifeln, du bist der Größte, du hast es in dieser Nacht gezeigt, und nun musst du den Endpunkt setzen.

Schwindlig, schwindlig wurde es ihm, und er wusste auch, woran es lag, woran lag es wohl, es lag dran, dass er lange nichts mehr getrunken hatte, er musste etwas trinken.

Er gehörte nicht in diese Stadt, aber wenn er schon einmal da war, musste er ihr beweisen, dass es ein Fehler war ihn, zu unterschätzen.
Er trank einen Schluck und zog sich langsam wieder an, er trank noch einen Schluck und dachte, vielleicht sollte ich ihr Blumen mitbringen, damit sie nicht denkt, ich wäre ein Mörder, sie soll mich für einen Romantiker halten.

Er ärgerte sich, die Idee war gut, aber die nächste Tankstelle war zu weit.

Sie soll Gras fressen, dachte er lachend, ich werde ihr welches mitbringen.
Er trank weiter, immer weiter, er trank so viel, bis er kaum noch sehen konnte.
Trotzdem war er sicher, dass er sie erwischen würde, denn immerhin war er ja nicht mehr allein, er hatte einen Verbündeten.

Noch immer war er verwundert, wenn er daran dachte, was diese Stimme ihn alles geheißen hatte, aber er fand es gut, dass sie bereit war, anzuerkennen, wie stark er war, er war einfach zu stark für eine andere Meinung, er brauchte keine andere Meinung, er brauchte nur seine.

Er sah auf die amerikanische Flagge, die an seiner Zimmerwand hing, und salutierte.

In seinem Innersten war es ganz still.
Er lachte.
Also gehen wir.

Er stand auf der Straße unten vor seinem Zuhause. Er hatte Lust, zu schreien, sollte diese billige Idiotin das hören und wissen, dass er noch nicht aufgehört hatte.

Ein wenig jedoch zweifelte er noch an dieser inneren Stimme, dann schüttelte er den Kopf, sagte sich, wozu die Zweifel, nun ist alles gut, nun ist alles gerecht, er hat sich gefügt, er wird mich in die Richtung lenken.

Gehen wir die Marburgerstraße runter, schau nur wie die Straße glänzt, wie sie im Nachtlicht glänzt, und wie kannst du sagen, dass es keine Tankstelle gibt, gleich auf unserer Seite gibt es eine, geh hinein und kauf Blumen, das ist ein guter Einfall.

Es ist schön, deine Stimme zu hören, rief er, unterhältst du dich mit mir, sagst du mir, warum du vorhin so gegen mich eingestellt warst?

Das kann ich dir sagen, ich wollte feststellen, ob du dem gewachsen bist, du warst es, ich bin sehr stolz auf dich, weißt du, wie sehr die Stadt so etwas braucht wie dich, du musst noch einige Zeit hier bleiben, erst wenn du spürst, es ist alles erledigt, solltest du in die USA.

Er hatte Recht, komisch, zum ersten Mal gebe ich ihr Recht, es ist gut, so eine Stimme zu haben. Das ist ein Glücksfall, oder kein Glücksfall, sondern genau das, was ich verdiene, es zeigt mir, dass ich richtig handelte.

Er schritt zur Tankstelle, kaufte sich Bier, kaufte aber auch Blumen.
Als er draußen war, wollte er eine Dose Bier trinken, doch das ließ die Stimme nicht zu.

Komm schon, du kannst das später trinken, erst musst du es erledigen, wer weiß, ob wir sie erwischen.

Wieder musste Tom ihm recht geben, das ärgerte ihn nicht, das war ja ein Teil von ihm, was sollte er sich über sich selber ärgern, er hatte ja Recht, erst musste die Pflicht getan werden, und danach konnte man das Leben feiern.
Es geht um alles, sagte er sich und ballte die Faust.

El beobachtete diesen Typen schon eine Weile, dass er betrunken war, fand sie nicht besonders bemerkenswert, aber er blieb öfter stehen und schien sich zu unterhalten, auch nichts Besonderes, aber wie sie durch Visier sehen konnte, hatte er nichts im Ohr, er telefonierte nicht.

Desto länger sie ihn verfolgte, desto mehr hatte sie den Eindruck, dass er es auf Julie abgesehen hatte, aber wie konnte er wissen, wo sie war.

Es kam ihr absurd vor, und trotzdem beobachtete sie ihn weiter, und je weiter sie ihn verfolgte und beobachtete, desto mehr hatte sie das Gefühl, er unterhalte sich mit sich selber.

Aber das macht doch nichts, dass du nur die Pistole, die einfache Pistole mitgenommen hast, du hast die andere vergessen, ich hätte dich genauso darauf aufmerksam machen können, macht doch nichts. Es ist eine Frau und sie rechnet nicht mit dir.
Tom war trotzdem traurig. Seine Schnellschusspistole gab einfach mehr her, aber wozu sich grämen, Hauptsache, die Sache war schnell erledigt.

El wusste nicht, ob sie eingreifen sollte, sie war unsicher, weil sie etwas beobachtete, was sie nicht fassen konnte.
Als dieser Typ die Leiter zum Supermarktdach hochkletterte, hatte sie nicht das Gefühl,

dass er das freiwillig tat. Sie hatte eher den Eindruck, er wurde nach oben gezwungen.

Tom kletterte die Leiter hoch, mit angezogener Pistole, aber er hielt die Pistole gegen seinen Kopf.

Du hast mich verarscht, rief er ständig, er rief es zittrig, die Augen geblendet von so viel Angst.

Die Angst schoss ihm durch den Kopf, die Angst versenkte seine Schritte.

Er begriff, es war ein Hinterhalt, die Pistole an seinem Kopf und dann diese Frau, die ihn anblickte, die ein Maschinengewehr fest an sich drückte und nicht aussah, als mache sie Spaß.

Er schaute sie an, wie schaute er sie denn an, er schaute sie an, aber wie?

Er schaute sie wie etwas Fernes an. Mit angezogener Waffe schaute er sie an, aber Julie hatte keine Angst, dazu gab es keinen Grund.

Sie fragte sich nur, ist so etwas real oder versuche ich mir gerade etwas einzubilden, irgendein Wahnbild, von dem ich nicht mehr loskomme.

Er blinzelte nicht, kratzte sich nicht den Kopf, dazu schien er nicht in der Stimmung.

Er war müde, lebensmüde.

Kurz dachte Julie, ich muss schießen, entweder ich schieße oder ich rette ihn, oder ich schieße und rette ihn damit.

Julie schaute auf seinen Kopf, sein Kopf hatte schon nichts mehr mit ihm zu tun.

Was war nur passiert, warum war es geschehen, sie erkannte ihn, er war es, der auf die jungen Frauen an der Bushaltestelle geschossen hatte. So nebenbei, als wäre es nicht der Rede wert und nun war er hochgestiegen, er war hochgestiegen um sich zu töten, wie unlogisch das war, beinah komisch sah es aus und sie hätte sicher gelacht, wenn ihr nicht klar gewesen wäre, es ist Schluss, irgendwann war immer Schluss.

Er schaute sie wie ein Toter an. Er schoss sich eine Kugel in den Kopf.

Die Arme ausgestreckt, lag er auf der Straße.

In einer Stunde könnte es hell werden.